AF344809

Tessa

Königsfluch

Stephanie Weichhold

Klappentext

Wenn man glaubt, das Böse besiegt zu haben, kehrt es auf unerwartete Weise zurück:

Gerüchte besagen, dass Alazar eine Tochter hatte. Die Sorge, dass sie ebenfalls die schwarze Magie beherrschen könnte, raubt Jaroslaw jede ruhige Minute. Gemeinsam mit seinem Freund Arman begibt er sich auf die Suche nach dem Mädchen.

Doch als einer von ihnen von einem schrecklichen Fluch getroffen wird, muss Tessa sich ihrer größten Angst stellen.

Aber wird es ihr gelingen, sie zu besiegen?

Autorenvita

Stephanie Weichhold, eine leidenschaftliche Schreiberin aus Nordsachsen, beeindruckte schon als Zehnjährige mit ihren Texten. 2016 ließ sie ihr erstes Buch drucken und brachte ihren Debüt-Roman „Tessa – Geheimnisvolle Vergangenheit" als Selfpublisherin heraus.

Ab 2020 schrieb sie nebenberuflich als Ghostwriterin. Nach einer intensiven Krankheitsphase stand sie vor der Entscheidung: Zurück in den erlernten Beruf als Erzieherin oder einen neuen Weg einschlagen. Zum Jahresbeginn 2022 wagte Stephanie den Schritt und wurde Vollzeitautorin. Diese Entscheidung bereut sie bis heute nicht. Nun, als Ghostwriterin, Selfpublisherin und mit ihrer eigenen Schreibagentur, unterstützt sie sowohl andere Autoren als auch Menschen, die beim Verfassen ihrer Buchideen Hilfe benötigen. Für Stephanie ist Schreiben nicht nur Beruf, sondern auch Mittel, Menschen zu verbinden und Träume zu realisieren.

Impressum

Für Houshang, weil du die Sonne zurück in mein Leben geholt

hast.

Ich liebe dich!

Prolog

Es gibt Geschichten, die sind frei erfunden. Doch was, wenn sich herausstellt, dass diese stimmen? Was, wenn aus einem harmlosen Gerücht plötzlich Wahrheit wird und diese Wahrheit für erneuten Ärger sorgen könnte? Was, wenn das, was einst als bloße Legende erzählt wurde, jetzt lebendig wird und alles, was man zu wissen glaubte, auf den Kopf stellt?

Lange wurde vorausgesehen, dass sie kommen wird. Sie, durch deren Adern sein Blut fließt. Sie, die ihn selbst nie gekannt hatte. Sie, deren Existenz das fragile Gleichgewicht der Welt ins Wanken bringen könnte. Sie, welche eine Gefahr darstellt, obwohl man sie nie wirklich kannte.

Die Warnungen waren klar und wurden mit der Zeit lauter, doch niemand hatte je wirklich geglaubt, dass es wahr sein könnte.

Die Welt hielt den Atem an, als die Prophezeiung sich zu entfalten begann. Niemand wusste genau, wann oder wo sie eintreffen würde, doch die Zeichen waren unübersehbar. Ein Komet, der den Nachthimmel erhellte, Flüstern in den Schatten, die uralten Ruinen, die plötzlich zum Leben erwachten, als ob die Erde selbst ihre Geheimnisse preisgab. Alles deutete darauf hin, dass die Zeit gekommen war.

Doch es wird kommen, wie es einst bestimmt wurde. Die Vorausseher, deren Worte jahrhundertelang in den Wind gesprochen worden waren, hatten all die Jahre recht behalten. Alles bewahrheitete sich, ob gut oder böse. Und nun stand die Welt vor einer entscheidenden Frage: Würde sie zum Untergang führen oder könnte sie die Rettung bringen, die so lange ersehnt wurde?

Eines war sicher: Ihre Ankunft war nur der Anfang. Sie würde nicht nur die Vergangenheit ans Licht bringen, sondern auch eine Zukunft formen, die niemand für möglich gehalten hätte. Eine Zukunft, die sowohl Hoffnung als auch Gefahr in sich trug. Als das erste Licht des neuen Tages die Dunkelheit vertrieb, wehte der Wind einen Namen, den niemand je vergessen würde.

Ein Name, der die Welt erschüttern und gleichzeitig mit einer Kraft erfüllen würde, die lange Zeit verborgen geblieben war. Der Name, der alte Feindschaften überwinden und neue Bündnisse schmieden würde.

Doch dieser Name war mehr als nur ein Zeichen für Veränderung. Er war ein Schlüssel – ein Schlüssel zu Geheimnissen, die tief in der Vergangenheit vergraben lagen. Geheimnisse, die von den Mächtigen beiseitegeschoben worden waren, um ihre eigene Herrschaft zu sichern. Doch nun, da dieser Name ins Licht trat, begannen all die verborgenen Wahrheiten wieder aufzutauchen und rissen alte Wunden auf, die nie ganz verheilt waren.

Mit jedem Schritt, den sie tat, zog die Ankunft dieses Mädchens eine Kettenreaktion nach sich, die niemand hatte voraussehen können. Sie trug das Erbe einer Linie in sich, die längst vergessen war. Eine Linie, die sowohl in den höchsten Kreisen der Macht als auch in den dunklen Ecken der Welt ihre Spuren hinterlassen hatte. Und als sie sich näherte, schien der Himmel selbst zu reagieren – als wüssten die Sterne, dass ihr Schicksal unvermeidlich war.

Die alten Feinde, die sich über Jahrhunderte hinweg bekämpft hatten, sahen sich plötzlich in einem neuen Licht. Zerbrochene Bündnisse, die längst vergessen waren, wurden wiederbelebt, als sich die Wahrheit zeigte. Einige taten es aus Angst, andere aus einer neuen Hoffnung, die sie nicht ganz begreifen konnten. Doch alle spürten, dass nichts mehr so sein würde wie zuvor.

Dieser Name, der durch die Lüfte getragen wurde, kündigte nicht nur eine neue Herrschaft an – er war der Beginn einer neuen Ära. Eine Ära, in der alte Mächte erneut an Einfluss gewannen, während neue, unvorhergesehene Kräfte erwachten. Es war der Anfang einer Zeit, in der die Grenzen zwischen Gut und Böse, Bekanntem und Unbekanntem immer schwieriger zu ziehen sein würden.

Die Zeit einfacher Antworten war vorbei. Das Schicksal hatte einen neuen Weg eingeschlagen, und es würde nicht ruhen, bis alle Fragen beantwortet und alle Geheimnisse aufgedeckt waren. Die Welt stand an der Schwelle zu etwas Größerem, ohne es zu wissen, während der Wind weiterhin den Namen flüsterte – einen Namen, der alles verändern konnte.Es war der Anfang von etwas Größerem – einer Geschichte, die noch lange nicht zu Ende erzählt war.

Siebzehn Jahre später

Aufregung herrschte im gesamten Schloss. Schon seit den frühen Morgenstunden lag Tessa in den Wehen. Immer wieder hörte man die Menschen fieberhaft miteinander sprechen. Jeder wollte wissen, ob die Tochter des Königs ihr Kind bereits geboren hatte. Doch niemand hatte etwas gehört. Man sah weder Victor noch Marietta oder Jaroslaw. Sie alle hielten sich in Tessas Nähe auf. Keiner wollte verpassen, wenn ein neues Mitglied der königlichen Familie das Licht der Welt erblickte.

Am späten Nachmittag begannen die Glocken des Kirchturms zu läuten. Verdutzt sahen sich die Menschen an. War dies etwa das offizielle Zeichen? Hatte Tessa ihr Kind zur Welt gebracht?

„Es kann nichts anderes bedeuten", rief eine aufgeregte Frau und eilte zum Schlosshof.

„Wenn es so ist, dann wird der König oder Victor jeden Moment auf den Balkon treten und die Botschaft verkünden. Lasst uns zum Schlosshof gehen", meinte eine weitere Frau, die eilig das Fenster schloss und aus dem Haus lief.

Viele Menschen taten es den beiden Frauen nach. Alle wollten wissen, ob die Königsfamilie ein neues Mitglied hatte. Der Schlosshof füllte sich immer mehr. Jeder tauschte seine Gedanken mit seinem Nachbarn aus. Marietta stand hinter dem großen Fenster, das den Schlosshof überblickte, und lächelte.

„Sie alle wollen es wissen. Jeder ist gekommen, um die Neuigkeiten zu erfahren", sagte sie und wandte sich zu Tessa, die erschöpft in einem Sessel saß und ihr Neugeborenes auf dem Arm hielt.

„Die Glocken haben es bereits angekündigt.

Aber ich denke, es ist an der Zeit, dass wir uns dem Volk zeigen", sagte Jaroslaw und ging auf Tessa zu.

„Jeder soll wissen, dass dieser kleine Sonnenschein von nun an unser Leben bereichern wird."

„Also dann, worauf warten wir? Stellen wir sie ihnen vor", sagte Tessa und wollte sich erheben.

„Du bleibst hier! Du hast Großartiges geleistet und musst dich erholen!", sagte Victor besorgt und bestimmend zugleich.

„Aber", begann Tessa.

„Kein Aber! Er hat recht! Du bleibst hier. Deine Mutter und ich werden es verkünden. Und das sagt dir nicht nur dein Vater, sondern auch dein König."

Kurz darauf öffnete er die Tür zum Balkon und trat zusammen mit Marietta heraus. Das Volk verstummte augenblicklich, als sie Jaroslaw sahen.

„Wir möchten offiziell verkünden, dass Tessa und ihre kleine Tochter Miray, die vor wenigen Stunden zur Welt kam, wohlauf sind."

Kaum hatte Marietta ausgesprochen, jubelte die Menschenmenge. Einige der Männer warfen ihre Hüte in die Höhe. Manche Frauen umarmten sich, und wieder andere führten einen kleinen Freudentanz auf.

„Hoch lebe Prinzessin Miray", rief jemand aus der Menge. Der Großteil der Menschen tat es ihr nach, und erneut flogen Hüte und sogar Tücher in die Höhe. Und dann trat Tessa mit Miray auf dem Arm heraus. Sichtlich zu Tränen gerührt, schritt sie langsam zu ihren Eltern. Sofort strafte Jaroslaw sie mit einem bösen Blick. Nicht ohne Grund hatte er ihr untersagt, herauszukommen. Ihr Körper war sichtlich geschwächt nach der Geburt.

„Darf ich vorstellen, das ist unser wunderbares Volk, meine kleine Miray. Sie alle werden dich dein Leben lang begleiten und zu dir halten, und sie alle lieben dich schon jetzt." Tessa lächelte ihrem Baby zu und blickte dann zum Volk.

„Habt Dank, dass ihr so zahlreich hier erschienen seid. Wir freuen uns über alle Glückwünsche. Wenn die Zeit gekommen ist, wird Mirays Taufe stattfinden, und ihr alle sollt dabei sein." Behutsam strich Tessa mit ihren Fingern über die zarten Wangen ihrer Tochter. Sie merkte, dass es Zeit wurde, wieder hineinzugehen. Ihr Körper brauchte dringend Ruhe nach der langen Geburt.

„Mein König, so haltet ein!"

Erschrocken drehte Jaroslaw sich um und erblickte einen aufgeregten Mann. Sofort wusste er, dass etwas nicht stimmte. Er eilte die Treppe des Balkons zum Schlosshof hinab.

„Verzeiht, dass ich euch bei einem solch wundervollen Moment stören muss", sagte der Mann völlig außer Atem.

„So wie du aussiehst, ist es eine ernste Angelegenheit", begann Jaroslaw.

„Sprich, was ist dir widerfahren?"

„Nichts, mein König. Aber mir ist etwas zu Ohren gekommen. Man erzählt sich in allen Landen, dass Alazar ..."

„Er ist tot! Tessa hat ihn längst besiegt!"

„Ja, daran gibt es keinen Zweifel. Doch er soll eine Tochter haben. Vor fast siebzehn Jahren erblickte diese das Licht der Welt!"

„Alazar? Eine Tochter? Das kann ich nicht glauben! Wo hast du dieses Gerücht gehört?" Entsetzt sah Jaroslaw den Mann an.

„Es wird in allen Landen erzählt. Viele halten es für ein Gerücht, andere wiederum glauben, es sei wahr."

„Wir müssen sie finden! Wir müssen erfahren, was es mit dem Kind auf sich hat und ob sie ..." Jaroslaw stoppte. Er schien über etwas nachzudenken.

„Mein König?"

„Tessa darf nichts davon erfahren! Sie ist gerade Mutter geworden und sollte sich nicht unnötig Sorgen machen.

Und ich kenne meine Tochter. Sie würde alles unternehmen, um das Mädchen zu finden."

„Und wie wollt ihr das anstellen?", fragte der Mann. Seine hochgezogenen Augenbrauen verrieten seine Skepsis.

„Reite noch heute nach Azuria und richte Arman aus, dass ich seine Hilfe benötige! Er wird wissen, was zu tun ist!"

„Und was ist mit Victor? Immerhin ist sie seine Nichte, sollte sie wirklich existieren!"

„Das werde ich entscheiden, sobald ich mit Arman gesprochen habe", sagte Jaroslaw.

„Wie ihr wollt." Der Mann wollte aufbrechen, aber Jaroslaw hielt ihn noch einmal auf:

„Kann ich mich auf dein Wort verlassen?"

„Sie werden nichts erfahren!", beruhigte der alte Mann seinen König.

„Ich verlasse mich auf dich!", sagte Jaroslaw und ließ ihn davonreiten.

Wenige Minuten später machte sich jedoch tief im Inneren des Königs ein mulmiges Gefühl breit. Er musste Tessa, Victor und seiner Frau etwas verheimlichen. Wie sollte ihm das nur gelingen, sprach er doch sonst mit ihnen über alles, was ihn beschäftigte.

Plötzlich lief ihm ein eiskalter Schauer über den Rücken bei dem Gedanken, dass Soraya und Tessa sich immer alles erzählten. Was, wenn sie von allem etwas mitbekam? Tessa wäre wütend – sie hasste es, wenn man ihr etwas zu verschweigen versuchte. Hätte er dem Mann nur gesagt, dass auch Armans Familie nichts erfahren sollte.

Irgendwann besann er sich und dachte daran, dass Arman sicher wusste, dass dies ein Geheimnis bleiben musste. Er konnte sehr verschwiegen sein. Er stieg die Treppe hinauf, um auf schnellstem Wege zu seiner Familie zu gelangen. Mit jedem Schritt erinnerte er sich daran, dass er sich wie gewohnt verhalten musste, damit niemand etwas merkte.

Als er jedoch hineingehen wollte, empfing ihn Marietta bereits mit sorgenvollem Blick.

„Was wollte er von dir? Er sah so aufgeregt aus", fragte sie ihren Mann, der kreidebleich wurde.

„Nichts", gab er zu verstehen und wandte sofort den Blick ab. „Wo ist mein Enkelkind?"

„Du kannst mir nichts vormachen! Hast du das in all den Jahren noch immer nicht bemerkt? Also, was ist geschehen? Ich sehe es an deinem Blick!" Jaroslaw wusste, dass sie recht hatte, und blieb stehen. Mit verschränkten Armen stand sie ihm gegenüber und sah ihn fordernd an.

„Versprich mir, dass du dir keine Sorgen machen wirst!"

„Ich verspreche gar nichts, bevor ich nicht weiß, worum es geht!", schimpfte sie und sah ihren Mann streng an. Sie wusste, dass er ihr nichts verheimlichen konnte, wenn sie so reagierte. Doch dieses Mal blieb er hartnäckig, was sie sehr verwunderte.

„Du musst es mir versprechen, Liebes! Vielleicht hilft es dir, wenn ich dir sage, dass ich alles im Griff habe!"

„Also gut. Ich verspreche, ich werde mir nicht unnötig Sorgen machen", sagte Marietta. Dabei wandte sie den Blick nicht von ihrem Mann ab, um so überzeugend wie nur möglich zu wirken. Er blieb skeptisch, wusste aber, dass es zwecklos war, ihr weiterhin alles verschweigen zu wollen. Sie würde sowieso nicht locker lassen.

„Es geht um Alazar", begann Jaroslaw und blickte Marietta dabei genau ins Gesicht. Ihre Augen weiteten sich, und ihr Gesicht wurde bleich.

„Aber", begann sie, wurde aber gestoppt.

„Er ist tot. Tessa hat ihn ein für alle Mal besiegt."

„Aber wieso dann die Aufregung?" Marietta verstand es nicht.

„Er hat höchstwahrscheinlich eine Tochter hinterlassen."

„Was? Aber mit wem? Dieser Mann war doch nie fähig, jemanden zu lieben!"

„Wir müssen es herausfinden. Alles, was die Leute sagen, könnte von Bedeutung sein."

„Und wie willst du es herausfinden?"

„Ich brauche einen guten Plan. Ich habe den Mann zu Arman geschickt. Ich muss mit ihm sprechen. Meine Befürchtungen, dass sie wie Alazar ist, sind nicht gering. Durch ihre Adern fließt sein Blut, und wer weiß, was er vor seinem Tod unternommen hat, damit sie die schwarze Magie empfangen kann."

„Wir müssen mit Tessa reden."

„Nein!", sagte Jaroslaw hastig und sah seine Frau eindringlich an.

„Nein, sie hat gerade ihr Kind zur Welt gebracht. Miray braucht all ihre Aufmerksamkeit! Nichts und niemand darf ihnen schaden. Es ist an uns, diese Angelegenheit zu klären!"

Nachdenklich sah Jaroslaw aus dem Fenster in die Ferne. Und auch Marietta schien über das Gesagte nachzudenken. Leise setzte sie sich in einen Sessel, der neben dem Fenster stand.

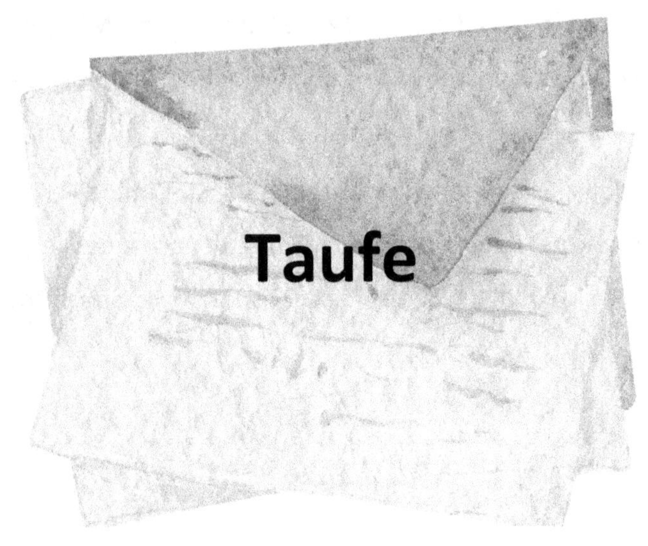

Taufe

Ganze zwei Wochen waren seit Mirays Geburt vergangen. Mit ihrem Anblick, ihren niedlichen Gesten und Mimiken verzauberte sie jeden, der sie ansah – besonders aber ihre königliche Familie, die die kleine Prinzessin kaum aus den Augen ließ. Mit ihren kleinen Fingern und dem süßen Lächeln zog sie vor allem ihre Großmutter täglich aufs Neue in den Bann. Immer wieder dachte Marietta daran, wie es gewesen war, als sie Tessa das erste Mal in den Armen hielt. Auch Jaroslaw konnte gar nicht genug von ihr bekommen, wären da nicht die Gerüchte um Alazars Tochter. Fast stündlich hielt er Ausschau nach dem Mann, den er zu Arman geschickt hatte, um ihn nach Aschgad zu bringen.

Doch sie kamen nicht. Reiter passierten hin und wieder die Grenzen des Reiches, doch Arman war nicht unter ihnen.

Allmählich wurde Jaroslaw unruhig. Sollte es dieses Mädchen tatsächlich geben, war er sich sicher, dass Alazar alles getan hatte, um ihr die schwarze Magie zugänglich zu machen. Er zog sich zurück und überlegte, wie er vorgehen sollte. Seiner Frau vertraute er sich nur selten an. Er wollte Marietta nicht unnötig beunruhigen. Wenn sie sich seltsam verhielt, würde Tessa misstrauisch werden und so lange nachfragen, bis ihre Mutter nachgeben und alles erzählen würde. Diese Hartnäckigkeit verband Mutter und Tochter sehr stark miteinander. Einmal hatte der König zu Victor gesagt, dass er sich schon einmal warm anziehen solle. Dass Miray diese Eigenschaft ebenfalls geerbt haben könnte, war nicht unwahrscheinlich.

Bei Jaroslaw war es schon immer anders gewesen. Tessa wusste, dass ihr Vater durch seine Pflichten oft stark beansprucht war und die ein oder andere Angelegenheit ihn besonders forderte. In solchen Situationen zog er sich dann zurück. Für Tessa sollte es also keinen Grund geben, misstrauisch zu sein oder ins Grübeln zu geraten.

***

Der Tag von Mirays Taufe rückte näher, und Jaroslaw beruhigte sich mit dem Gedanken, dass Arman an diesem Tag auf jeden Fall zu ihnen kommen würde. Einer der Gründe war, dass seine Tochter die Taufpatin seiner Enkeltochter sein sollte. Der zweite Grund lag darin, dass königliche Feste traditionell so gefeiert wurden, dass alle Könige der Nachbarländer anwesend waren. Sie alle sollten Zeugen der festlichen Verleihung des Elfengeschenks sein – so, wie es schon zu Zeiten von Jaroslaws Urgroßvater Brauch gewesen war.

Wenige Tage später war es dann so weit. Der Garten wurde festlich geschmückt, und alle halfen, ein großes Festzelt zu errichten. Vereint standen Jaroslaw, Victor sowie viele Männer des Volkes auf der Wiese und bauten das Zelt auf. Zwar hätten sie ihre magischen Kräfte nutzen können, doch Jaroslaw wollte dies einmal nur mit eigenen Händen tun. Die Männer, die helfen sollten, rollten zwar zunächst mit den Augen, doch bald gefiel auch ihnen der Gedanke, etwas ohne Magie zu schaffen.

Aus dem Tor des Schlosses kamen fünf Damen, die große Karren hinter sich herzogen. Auf diesen lagen Körbe mit Blumen und Gestecken, die sorgfältig im Zelt verteilt wurden. Alles sollte festlich und prächtig hergerichtet sein. Marietta selbst bereitete Mirays Taufbettchen vor. Sie wählte zarte Rosenblüten in allen Farben, die sie sorgfältig am Bogen des Bettes befestigte.

In die Wiege legte sie ein großes Kissen mit weißem Bezug, dessen Ränder fein mit Spitze verziert waren. Neben dem Bettchen standen zwei lange Tische, auf denen die Geschenke der Gäste platziert werden sollten.

„Ich bin sprachlos! Das sieht wundervoll aus", sagte Tessa, die mit Miray auf dem Arm hinzukam.

„Für unsere kleine Prinzessin nur das Beste", meinte Marietta strahlend und verkniff sich die Tränen, die vor Freude in ihren Augen glitzerten.

„Verwöhne sie nicht zu sehr", scherzte Victor, der neben Tessa stand.

„Sind sie schon angekommen?" fragte Jaroslaw, der sich gerade zu ihnen gesellte.

„Wen meinst du denn?" Tessa sah ihren Vater verwundert an.

„Arman. Ich dachte, sie könnten vielleicht schon eingetroffen sein."

„Du fragst die ganzen Tage schon, ob Arman angekommen ist. Gibt es etwas, das wir wissen sollten?" Marietta sah ihren Mann erschrocken an.

Tessa schöpfte Verdacht, und es würde nicht lange dauern, bis sie das Geheimnis lüftete.

„Nein", sagte Jaroslaw hastig. „Ich habe meinen besten Freund nur seit eurer Hochzeit nicht mehr gesehen.

Darf ich mich denn nicht darauf freuen, dass er und seine Familie uns besuchen?"

Eilig entfernte er sich, sichtlich unwohl mit der Lüge, die er seiner Tochter erzählt hatte. Seit er Tessa damals weggeben musste, um sie zu schützen, hatte er sich geschworen, ihr nie wieder etwas zu verheimlichen. Und doch musste er es erneut tun, um sie zu schützen. Er hasste sich selbst dafür, wusste aber keinen anderen Ausweg.

„Irgendetwas stimmt nicht. Ich kann es spüren", sagte Tessa und sah ihrem Vater nachdenklich hinterher.

„Du machst dir zu viele Gedanken, mein Kind. Alles ist in Ordnung!", versuchte Marietta, sie zu beruhigen.

„Sagte die Frau eines sich seltsam verhaltenden Königs, die ebenfalls sehr seltsam reagierte, als ich dies eben ansprach."

Tessa musterte ihre Mutter genau. Sie wusste, dass etwas nicht stimmte, und wollte dem auf den Grund gehen.

„Tessa!", rief Victor, der genau wusste, worauf das hinauslief.

„Was? Ich kenne meinen Vater! Wenn er sich auf etwas oder jemanden freut, dann sieht sein Gesicht nicht so besorgt aus. Hast du ihn in den letzten Tagen mal genauer beobachtet? Ich weiß, dass ihn irgendetwas beschäftigt, und ich werde es herausfinden!"

Noch bevor Victor oder Marietta etwas erwidern konnten, begann Miray zu quengeln. Sofort war Tessa abgelenkt und widmete sich ihrem Baby.

Victor nutzte die Gelegenheit, um mit Marietta zu sprechen.

„Also, raus mit der Sprache! Was ist hier los?"

„Ich kann es dir nicht sagen, Victor! Bitte, geh zu Jaroslaw. Er wird dir sicher alles erzählen."

„Also stimmen Tessas Vermutungen?" Victor sah Marietta eindringlich an.

„Ja, sie stimmen! Aber bitte sag ihr nicht, dass sie recht hat. Jaroslaw möchte sie nur schützen. Sie ist gerade Mutter geworden, und Miray braucht all ihre Aufmerksamkeit."

„Ich werde ihr nichts sagen, aber ich denke, sie wird es sowieso herausfinden. Du kennst sie! Sie ist stur und kann nicht locker lassen."

„Das ist wohl wahr! Und ich weiß auch genau, von wem sie diesen sturen Kopf hat. Sie erinnert mich immer wieder an ihren Vater. In diesem Punkt ist sie genauso wie er. Was sie sich in den Kopf setzt, muss sie erreichen."

Marietta schmunzelte und sah sich um. Die Erinnerungen an all die Momente, in denen Tessa sich wie Jaroslaw verhielt, brachten sie zum Lächeln. Es waren viele, und jeder blieb ihr in einzigartiger Erinnerung.

***

Am Nachmittag war es dann soweit. Von überall her kamen Könige und Königinnen, um mit ihnen Mirays Taufe zu feiern. Auch das Volk Aschgad gesellte sich dazu. Immerhin hatte Tessa sie alle eingeladen.

Einer jedoch fehlte noch immer. Zwar erschienen Aljona, Soraya und Nevis, doch von Arman gab es keinerlei Spur.

„Ist Arman nicht mit euch gereist?", fragte Jaroslaw, als er auf Aljona und Soraya traf.

„Er wollte längst hier sein", sagte Aljona und sah Jaroslaw besorgt an. Dieser gab ihr ein Zeichen, ein paar Schritte mit ihm zu gehen. Sofort folgte sie ihm.

„Findest du nicht auch, dass sich unsere Eltern seltsam verhalten?", fragte Soraya, als Tessa neben ihr zum Stehen kam.

„Komisch ist schon gar kein Ausdruck mehr! Seit Tagen wartet mein Vater auf deinen, als müssten sie unbedingt etwas Wichtiges besprechen. Er ist so geheimnisvoll wie noch nie zuvor! Ich muss wissen, was ihn beschäftigt!" Tessas Worte waren so klar, als wolle sie augenblicklich etwas unternehmen.

„Aber heute feiern wir erst einmal die Taufe meiner Patentochter", sagte Soraya stolz und nahm Miray auf ihren Arm.

„Du hast recht. Wir sind alle hier, um ihren Tag zu feiern. Wo bleiben nur die Elfen?"

„Sprichst du von uns oder kennst du noch andere?", ertönte eine zarte Stimme hinter ihnen. Sofort wusste Tessa, wer da zu ihr sprach. Lächelnd drehte sie sich zum Baum um und blickte in die leuchtenden Augen Nalanis.

„Ihr seid gekommen", sagte sie fröhlich.

„Wer sonst sollte deinem Sonnenschein das Elfengeschenk überreichen?" Berührt sah sie auf Tessas Baby.

Es schlummerte friedlich in den Armen ihrer Patentante.

„Bist du bereit? Die anderen warten." Fröhlich flatterte Nalani vor Tessas Gesicht.

„Ja, wir sind bereit", sagte sie. Soraya gab Tessa ihre Tochter zurück, und gemeinsam liefen sie zum Taufbettchen.

Die Gäste verstummten, als sie Tessa näher kommen sahen. Ein jeder wusste, dass es so weit war. Ein jeder kannte die traditionelle Zeremonie zur Taufe und Übergabe einer magischen Kraft. Stolz legten Tessa und Victor ihre Tochter in das Taufbettchen und setzten sich auf die bereitgestellten Stühle, um alles genau beobachten zu können.

„Seht sie euch nur an", sagte Aislinn und legte beide Hände auf ihr Gesicht. Sie war so gerührt, dass sie sich sogar ein paar Tränen verkneifen musste.

Tessa sah sie mit großen Augen an. Sonst war es doch eher Arminas' Part, Tränen zu vergießen und rührselig daherzureden. Zur Verwunderung aller blickte dieser allerdings fröhlich und keinesfalls einer Träne nahe auf das schlafende Baby.

„Wir, die Elfen der vier Elemente, sind gekommen, um dir, kleine Miray, ein wichtiges Geschenk zu überreichen", sagte Arminas und blickte auf Miray hinab.

„Du sollst wissen, dass ein jeder Bewohner Aschgads ein Geschenk von uns Elfen erhalten hat. Jeder sein eigenes", erklärte Floriel.

„Aber zunächst wirst nur du etwas von deiner Gabe wissen. Kein Mensch der gesamten magischen Welt wird es heute erfahren, außer dir. So will es die Tradition. Erst, wenn du bereit bist, deine Gabe weise einzusetzen, werden andere davon wissen und deine Gabe kennenlernen."

Aislinn flatterte über den Kopf des Kindes und ließ blaue Magiefunken über ihr tanzen. Die anderen Elfen taten es ihr nach, sodass schließlich bunte Funken über der Wiege tanzten. Nalani flog zu Miray ans Ohr und sprach leise:

„Du, mein liebes Menschenkind, bekommst eine besondere Gabe von uns. Wir haben dich dafür auserwählt, das Gute in jedem Menschen zu erkennen. Auch wenn dieser noch so schlimme Sachen anstellt, wirst du ihm tief ins Herz blicken und seine guten Eigenschaften erkennen. Doch sei klug und schau genau hin. Manchmal erkennt man dies erst im letzten Moment." Nalani gab ihr einen Kuss auf die Stirn, schwebte in die Höhe und wirbelte freudig umher. Floriel, Aislinn und Arminas folgten ihr. Bunter Elfenstaub rieselte auf Mirays Bett hinab, und eine helle Aura umgab das immer noch friedlich schlafende Baby.

Tessa weinte ein paar Freudentränen. Und Victor sah mit stolzem Blick zu seiner Tochter. Die Elfen schwebten zu den glücklichen Eltern und verneigten sich vor ihnen.

„Wer sind die Taufpaten des Kindes?", fragte Aislinn.

„Soraya und Nevis", mehr brachte Tessa nicht hervor. Sie war so gerührt von dem Geschehen, dass sie kaum mehr sprechen konnte.

„Kommt zu uns. Für euch haben wir eine wichtige Botschaft", forderte Floriel und klang ernst. Beide traten hervor und folgten den Elfen. Unsicher sahen sie Arminas an.

„Hütet sie, als wäre sie euer eigenes Kind. Schwere Zeiten werden einst anbrechen, und Tessa wird all ihre Kräfte für neue Aufgaben brauchen. Miray soll glücklich und stets ohne Sorgen aufwachsen können, damit sich ihre Gabe in vollen Zügen entfalten kann."

„Schwört es!", forderte Nalani, kaum dass Arminas seinen Satz beendet hatte.

„Ich schwöre", sagte Soraya sofort. Ihr Blick verriet, dass sie sich Gedanken darüber machte, was Arminas soeben gesagt hatte.

„Ich schwöre", sagte schließlich auch Nevis.

„Wir möchten euch darum bitten, Tessa gegenüber kein Wort darüber zu verlieren. Verinnerlicht eure Aufgabe in eurem Herzen und seid auch ihr fröhlich und glücklich. Niemand weiß, wann schlimme Dinge geschehen können. Niemand soll jeden Tag darüber nachdenken, was auf Aschgad und alle seine Bewohner zukommen wird." Kaum hatte Aislinn zu Ende gesprochen, flatterte sie um die beiden herum, gefolgt von Nalani, Floriel und Arminas. Bunte Magiestrahlen umhüllten das Paar.

Als diese Zeremonie beendet war, fragte Floriel:

„Sagt mir, ihr Taufpaten! Mit welch wichtiger Aufgabe haben wir euch vertraut gemacht?"

„Miray soll glücklich und stets wohlbehütet aufwachsen", sagte Nevis, und Soraya nickte zustimmend.

„Ja dann lasst uns feiern, oder? Ich hoffe, Tessa hat panierte Blattwanzen für uns", sagte Arminas. Seine Mundwinkel zitterten, als würde er gleich zu weinen beginnen. Doch er tat es nicht. Die ganze Zeit über lächelte er unaufhörlich. Tessa hatte dies genau beobachtet und wusste, dass irgendwas anders war.

Ihr Vater, Arman, der nicht aufgetaucht war. Jetzt auch noch Arminas' seltsames Verhalten. Alles deutete darauf hin, dass etwas vor sich ging.

***

Es wurde getanzt, gesungen, gelacht. Ein jeder hatte an diesem Nachmittag Spaß. Und Miray verschlief fast den ganzen Tag. Tessa war darüber ein wenig froh, denn sie wusste, dass all dieser Trubel sehr anstrengend sein konnte.

Als es dann aber Zeit für die Geschenke war, erwachte Miray und lag fröhlich in ihrem Taufbett.

Kam jemand, um ihr ein Geschenk zu überreichen, blickte sie lächelnd in dessen Augen. In weniger als zwanzig Minuten waren die Tische voll mit zahlreichen Geschenken.

„Wie freundlich die kleine Prinzessin ist", sagte der König von Marunia und verneigte sich vor Tessa und Victor.

„Wenn wir Ihnen sagen, dass sie nicht immer so gute Laune hat, werden Sie uns das sicher nicht glauben", schmunzelte Victor.

„Ich darf doch sehr bitten. Ein so reizendes Prinzesschen kann ich mir nie im Leben schlecht gelaunt vorstellen. Nicht einmal bei meinen fünf Töchtern wäre so etwas möglich." Mit einem Augenzwinkern verneigte er sich erneut und ging davon.

„Fünf Töchter. Da haben wir ja noch etwas vor uns", scherzte Victor.

„Ich will hoffen, dass unser nächstes Kind ein kleiner Prinz ist und genauso mutig wie sein Vater wird." Tessa strahlte ihrem Mann verliebt entgegen.

„Ja, so ein kleines Ebenbild meinerseits kann ich mir natürlich auch gut vorstellen." Er zog sie an sich und gab ihr liebevoll einen Kuss auf die Stirn.

Eine weitere Stunde verging, in der es unzählige Geschenke für die kleine Prinzessin gab. Alle waren gekommen: das Volk Aschgads, die Elfen, die Könige der anderen magischen Länder. Nur Arman war nirgends zu sehen.

Aljona schritt zu Mirays Bett, um ihr Geschenk zu überreichen. Sie lächelte dem fröhlichen Baby entgegen.

„So viele Geschenke für dich. Die wirst du wohl noch auspacken, wenn du achtzehn Jahre bist", sagte sie fröhlich.

„Wo ist Arman?", fragte Jaroslaw, als er hinzukam.

„Er wollte längst hier sein. Ich weiß es nicht. Sag mir, was ist denn passiert?"

„Nichts", sagte Jaroslaw kurz angebunden und wirkte dabei nervös.

Er deutete mit einem kurzen Blick in Tessas Richtung an, dass er in diesem Moment nicht mit Aljona sprechen konnte. Sie verstand dies und zwinkerte ihm zu.

„Was habt ihr denn für Geheimnisse?", fragte Tessa, die diesen Moment mitbekam.

„Nichts, mein Kind. Du musst dir keine Sorgen machen! Komm, lass uns feiern. Deine Tochter hat heute ihre magische Gabe erhalten. Ich bin gespannt, welche dies sein mag."

Er zog seine Tochter an sich und bat die Musikanten, ein flottes Lied zu spielen. Tessa durfte von seinen Sorgen nichts wissen. Ein flotter Tanz sollte helfen, um sie von allem abzulenken. Sogleich begannen die Musiker auf ihren Instrumenten zu spielen.

Zwar tanzte sie ausgelassen mit ihrem Vater und lachte die ganze Zeit über, doch in Tessas Kopf blieben die Gedanken keineswegs still. Sie wusste, dass er etwas vor ihr zu verbergen hatte.

Geheimnisse

Bis spät in die Nacht feierte die Festgemeinde. Miray, die alles noch nicht realisieren konnte, erfreute sich an den vielen Gesichtern und bunten Farben, die sie an diesem Tag zu sehen bekam. Ihre großen Augen leuchteten vor Neugier und Staunen, und jedes neue Lächeln, das sie erhaschte, schien ihr Herz ein Stückchen mehr zu erwärmen.

Zu Ehren der kleinen Prinzessin hatte das Volk Aschgads ein magisches Feuerwerk vorbereitet. Sie ahnten, dass Miray Angst haben könnte, sobald es laut zu knallen beginnen würde. Doch mit ihren magischen Kräften konnten sie dies problemlos mindern.

Immer wieder quiekte die Prinzessin fröhlich, wenn am Himmel bunte Funken auftauchten, und Tessa beobachtete sie dabei mit einem Lächeln, das tief aus ihrem Herzen kam.

Da es schon sehr spät war, als das Feuerwerk endete, brachte Tessa ihren kleinen Sonnenschein zu Bett. Hoch oben im Schloss hörten sie die feiernden Leute nur noch gedämpft, und das Gefühl von Wärme und Geborgenheit in ihrem eigenen Raum war fast greifbar.

Kaum lag Miray in ihrem Bett, wurde sie immer ruhiger, und ihre Augen fielen sanft zu. Tessa setzte sich neben ihr und begann ein Schlaflied zu singen, ihre Stimme leise und voller Liebe. Als sie die Wiege sanft schaukelte, fühlte sie sich verbunden mit dem kleinen Wesen, das ihr Leben in so vielerlei Hinsicht verändert hatte. Wenig später schlief die kleine Prinzessin friedlich, und Tessa blieb noch einen Moment an ihrem Bett, um die zarten Atemzüge ihres Kindes zu genießen.

Zufrieden und glücklich sah Tessa auf ihr Baby herab, doch in ihrem Inneren tobte ein Sturm aus Fragen und Zweifeln. Ihre Gedanken wanderten zu ihrem Vater und der geheimen Unterhaltung, die sie eben mitgehört hatte. Was hatte er ihr verschwiegen? Was verbarg er vor ihr? Sie stand auf, ging ein paar Schritte durch Mirays Zimmer und blickte aus dem Fenster auf das Gelände hinter dem Schloss.

Die Nacht war ruhig, aber in ihrem Inneren fühlte sich alles andere als ruhig an. Der laue Sommerwind strich ihr um die Nase, doch selbst das beruhigende Rauschen des Flusses, der an der südlichen Grenze floss, konnte ihre Unruhe nicht vertreiben.

Mit einem Mal wurde ihre Aufmerksamkeit auf ein Gespräch gelenkt. Zwei Menschen, deren Stimmen sie nur undeutlich vernahm, unterhielten sich auf dem kleinen Balkon unterhalb von Mirays Zimmer.

Als Tessa erkannte, dass es Aljona und ihr Vater waren, pochte ihr Herz immer heftiger. Ein Gefühl der Besorgnis wuchs in ihr, das sie nicht abschütteln konnte.

Sie hielt den Atem an, wollte keinen einzigen Satz verpassen.

„Wo ist Arman? Was ist passiert? War mein Bote bei euch?", fragte Jaroslaw mit einer Angst, die Tessa noch nie in seiner Stimme gehört hatte.

„Er kam sofort zu uns, als du ihn geschickt hast."

„Hat er mit Arman gesprochen? Aljona! Ich bitte dich! Es geht um meine Familie, um mein Land, um unser aller Leben!"

„So beruhige dich! Ich weiß in der Tat, worum es geht! Arman brach sofort, als er diese Nachricht erhielt, auf, um etwas über sie herauszufinden. Eigentlich hatte er mir mehrfach versichert, dass er zur Taufe von Miray längst hier sein wollte. Ich weiß nicht, wo er steckt. Allmählich mache ich mir aber auch Sorgen."

„Weißt du, was er vorhatte?"

„Den Gerüchten genauer auf den Grund zu gehen, war sein Plan. Er wollte Informationen. Alle Leute unseres Reiches wollte er dazu befragen."

„Und was ist, wenn er nach Devastar geritten ist? Was ist, wenn er dort nach ihr suchen wollte?"

„Es war niemand mehr dort, seit Tessa ihn bezwungen hat. Jaroslaw! Bitte! Wir müssen nach ihm suchen! Was ist, wenn ihm etwas zugestoßen ist? Was ist, wenn er wirklich nach Devastar geritten ist? Keiner weiß, welch grausige Kreaturen dort leben! Keiner weiß, ob Alazar dort nicht irgendwelche finsteren Mächte hinterlassen hat!" Tessas Herz schlug schneller, als sich die ganze Schwere der Worte in ihr Bewusstsein drängte. Die Namen, die hier gefallen waren, die düsteren Andeutungen, all das ließ einen Schauer über ihren Rücken laufen.

Plötzlich ertönte das Klirren zweier aufeinandertreffender Blumentöpfe. Tessa hatte sich unvorsichtigerweise ein wenig hervorgebeugt, um die beiden genauer zu verstehen. Dabei stieß sie aus Versehen gegen einen der Blumentöpfe, der sofort gegen den zweiten stieß.

„Komm, lass uns gehen, ehe irgendwer etwas von alledem erfahren wird!", forderte Jaroslaw mit besorgtem Blick und drängte Aljona, sich schnell zu entfernen.

„Verdammt! Wäre ich doch nur vorsichtiger gewesen", dachte Tessa bei sich. Ihre Hand zitterte, als sie schnell aus Mirays Zimmer herauslief, um zu sehen, wohin ihr Vater und Aljona gingen. Doch sie fand beide nirgends. Sie blieb stehen, lehnte sich an die Wand, schloss die Augen und atmete tief ein, um die innere Anspannung zu lösen, die sich wie ein festes Band um ihren Brustkorb legte.

Von wem konnten sie nur gesprochen haben? Die Worte, die sie gehört hatte, hallten in ihrem Kopf nach, geheimnisvoll und beängstigend zugleich. Ein Bote ihres Vaters.

Wenn er diesen losschickte, konnte es nichts Harmloses sein. Und die Tatsache, dass Alazar etwas damit zu tun haben könnte, ließ die Sorge in ihr noch tiefer wachsen.

Tessa entschloss sich schließlich, dass es für diesen Tag zu spät war, um mehr herauszufinden. Doch der Gedanke an die Geheimnisse, die noch im Verborgenen lagen, ließ sie nicht los. Sie lief noch einmal in Mirays Zimmer und zauberte ein paar fliegende Lauscher hinein.

Mit zitternder Hand streckte sie ihre rechte Hand aus und öffnete die Faust langsam. Ein grüner Lichtstrahl trat hervor und in der Luft formten sich kleine Ohren mit Flügeln daran, die im Raum auf und ab schwebten. Diese sollten Tessa mitteilen, wenn Miray nachts wach werden würde.

Kurz darauf ging sie selbst zu Bett, doch der Schlaf wollte nicht kommen. Der Tag war aufregend, aber die Fragen, die in ihr brodelten, ließen sie nicht los. Am nächsten Tag würde sie herausfinden müssen, welche Geheimnisse ihr Vater vor ihr zu verbergen versuchte, und welche düsteren Gefahren im Verborgenen lauerten.

Auf frischer Tat

Die Sonne schob sich langsam über Aschgads Berge. Keine Wolke schmückte an diesem Morgen den Himmel. Nach dem gestrigen Tag blieb es still in Aschgads Straßen. Viele Menschen waren zum königlichen Hof gegangen, um die Taufe der kleinen Prinzessin zu feiern. Bis spät in die Nacht wurde erzählt, gegessen und getanzt. Der König hatte allen gesagt, dass die Arbeit am nächsten Tag warten konnte und jeder den freien Tag genießen sollte. Ein jeder tat dies, zumindest auf den ersten Blick. Jaroslaw selbst hatte es schon am frühen Morgen aus dem Bett getrieben.

Er liebte sein Volk. Umso mehr schmerzte es ihn, dass er all die Menschen, die ihm seit so vielen Jahren die Treue hielten, belügen musste.

In Wahrheit wollte er sich heimlich davonstehlen, um seinen Freund zu suchen. Er könnte sich nicht verzeihen, wenn diesem etwas zugestoßen wäre.

Er fragte sich, ob er es überhaupt noch rechtfertigen konnte, im Verborgenen zu handeln, anstatt seine Leute offen um Hilfe zu bitten. Doch der Druck, den die Verantwortung als König mit sich brachte, ließ ihm keine Wahl – er musste es allein tun. Die Last dieser Entscheidung drückte schwer auf seiner Brust, als er an all die ungelösten Fragen dachte, die nur Arman beantworten konnte.

Sogar seiner Frau sagte er nichts von seinem Vorhaben. Er wusste, dass Marietta sofort zu Tessa gehen würde. Einzig einen Zettel hinterließ er auf ihrem Nachtschrank, weil sie sich zu sehr sorgte:

„Meine liebe Frau!

Wenn du diese Zeilen liest, bin ich schon ein paar Stunden unterwegs. Armans Verschwinden kommt mir mehr als seltsam vor. Ich muss ihn suchen. Ich bin mir sicher, dass er irgendeiner Spur folgt. Sorge dich nicht um mich, ich weiß, was ich zu tun habe. Während meiner Abwesenheit wirst du die königliche Verantwortung tragen und Entscheidungen treffen müssen. Ich bitte dich, konzentriere dich darauf.

Ich weiß, dass du mich würdig vertreten wirst. Eine Bitte hätte ich da allerdings noch: Tessa darf von allem nichts erfahren. Sie würde sofort aufbrechen und mir folgen. Miray braucht sie.

Ich liebe dich!

Jaroslaw."

Vorsichtig legte er diesen neben das kleine Lämpchen auf Mariettas Nachttisch. Auf Zehenspitzen schlich er aus dem Zimmer heraus.

Bevor er zu den Ställen ging, wollte er seine kleine Enkeltochter noch einmal sehen. Vorsichtig schob er die Tür zu ihrem Zimmer auf, in der Hoffnung, sie würde in ihrem Bett liegen und nicht bei ihren Eltern schlafen. Behutsam schlich er sich durch die offene Tür und ging zum Bett seiner Enkeltochter.

Er hatte Glück. Miray lag friedlich schlafend in ihrem Bett. Sanft strich er ihr über die Wange und gab ihr einen Kuss auf die Stirn.

„Ich liebe dich, Miray! Du, mein kleiner Sonnenschein. Dein Großvater wird schon bald zurück sein. Ich muss Arman suchen, verstehst du? Ich glaube, er steckt meinetwegen in Schwierigkeiten!" Er hielt inne und atmete tief ein und dann wieder aus.

„Ich muss gehen, ehe deine Mutter aufwacht. Sie darf von alledem nichts erfahren. Wenn sie wüsste, dass Alazar, nein... du sollst erst recht nichts davon mitbekommen. Du hast dein Leben noch vor dir und sollst ohne Sorgen aufwachsen." Noch einmal gab er ihr einen Kuss auf die Stirn, bevor er schließlich aus dem Zimmer direkt zu den Ställen lief. Was Jaroslaw nicht bemerkt hatte, waren Tessas fliegende Lauscher, die ruhig über Mirays Bett schwebten. Und so wunderte er sich umso mehr, als seine Tochter ihn bei den Pferden in Empfang nahm.

„Guten Morgen, mein Schatz. Was machst du denn schon so früh hier?"

Er versuchte, so normal wie möglich zu klingen, um sich nicht selbst zu verraten.

„Das selbe könnte ich dich auch fragen", sagte Tessa und verschränkte die Arme vor der Brust.

„Ach, weißt du, ich liebe es, der Sonne entgegen zu reiten. Besonders in den frühen Morgenstunden."

„Was für ein Zufall. Genau das hatte ich auch gerade vor." Ohne mit der Wimper zu zucken, versuchte Tessa, ihren Vater aus der Reserve zu locken.

„Nein, das wird nicht gehen. Ich werde einige Stunden fort sein, und Miray könnte erwachen und ihre Mutter brauchen", versuchte er, sich aus diesem Schlamassel zu retten.

„Oder weil du auf der Suche nach Arman bist?", sagte Tessa und verzog keine Miene. Verdutzt blickte Jaroslaw sie an.

„Ich weiß, dass irgendwas nicht stimmt! Du kannst mir nicht länger etwas vormachen!"

„Du hast recht", sagte Jaroslaw zu Tessas Erstaunen. „Es ist schon ungewöhnlich, dass er nicht zu Mirays Taufe erschien. Ich will ihn finden und fragen, ob er Hilfe braucht." Tessa verdrehte die Augen. Er merkte nicht, dass sie bereits mehr wusste, als er ahnte.

„Ich habe dich reden hören, Papa. Gestern Abend mit Aljona und vor wenigen Minuten hast du zu Miray gesprochen. Was ist mit Alazar? Sag es mir! Du kannst es nicht länger vor mir geheim halten!"

Es blieb einige Minuten lang still. Was sollte er nur zu ihr sagen? Erneut hatte er ihr etwas verschwiegen, und sie fand es schneller heraus, als er sich hätte träumen lassen.

„Verzeih mir, mein Kind! Ich wollte dich nicht beunruhigen, so lange ich nichts Genaueres weiß. Du bist gerade Mutter geworden, und dein Baby braucht dich. Sie ist noch so klein und soll von den Sorgen der Erwachsenen nichts mitbekommen."

„Sie hätte beinahe mehr mitbekommen, als ich, wenn du dich selbst nicht rechtzeitig gestoppt hättest! Also, was ist mit Alazar?"

Jaroslaw zögerte und ging einen Moment in sich. Sollte er ihr wirklich erzählen, dass Alazar, den Gerüchten nach, eine Tochter hatte? Wie würde sie darauf reagieren? Doch als er sie ansah, wusste er, dass er alles erzählen musste.

„An dem Tag von Mirays Geburt kam ein Mann aus unserem Volk zu mir und berichtete von den Gerüchten, welche um Alazar im Land die Runde machen."

„Aber ich habe ihn doch", begann Tessa zu sprechen, wurde aber sogleich von ihrem Vater unterbrochen.

„Er ist tot, du hast ihn besiegt, daran gibt es keine Zweifel! Doch die Leute erzählen sich, dass er eine Tochter hatte."

„Eine Tochter? Er? Dieser Mensch war doch überhaupt nicht fähig, einen anderen Menschen zu lieben! Wie um alles in der Welt soll er denn eine Tochter haben?" Ungläubig sah Tessa ihren Vater an.

„Ich muss herausfinden, was an den Gerüchten dran ist. Eigentlich wollte ich Armans Rat und mit ihm gemeinsam diesem Gerücht auf den Grund gehen. Doch er tauchte nicht auf. Irgendwas muss vorgefallen sein, verstehst du?"

„Ich werde mit dir reiten! Wenn Alazar eine Tochter hatte, müssen wir sie finden und herausfinden, ob auch sie eine schwarze Magierin ist."

„Du kannst mich nicht begleiten! Du hast ein Baby, das dich braucht!", sagte er streng. In diesem Moment war er nicht nur ihr Vater, sondern auch ihr König.

„Aber", begann sie, um die Meinung ihres Vaters zu ändern.

„Nein! Du musst hier bleiben, falls Arman doch noch kommen sollte." Er griff nach ihren Händen und umschloss diese mit den seinen. Dann fuhr er fort: „Sag mir nur eines, wieso hast du gewusst, dass ich bei Miray war?"

„Fliegende Lauscher", sagte sie knapp, hob ihre Hand in die Höhe und zauberte ein paar herbei.

„Ich hätte es wissen müssen", sagte Jaroslaw und lächelte seine Tochter an.

„Du lässt mich wissen, sobald du etwas herausfinden kannst! Sonst lasse ich dich nicht gehen!"

„Sobald ich irgendwas weiß, werde ich dir eine Nachricht zukommen lassen. Und nun geh. Miray wird sicher gleich aufwachen und nach ihrer Mama verlangen."

„Ich habe dich lieb! Pass auf dich auf!", sagte Tessa und umarmte ihren Vater. Abrupt ließ sie diesen los und sah ihn mit großen Augen an. „Sag mal, wer weiß eigentlich bereits von alledem?"

„Deine Mutter und Victor."

„Soso, Victor also auch", sagte sie und verengte ihre Augen.

„Ich habe ihn gebeten, dir nichts davon zu erzählen. Mach ihm keinen Vorwurf!"

„Nein, ich mache ihm keinen Vorwurf. Aber einen kleinen Spaß werde ich mir später dennoch überlegen."

„Tu, was du nicht lassen kannst", sagte Jaroslaw schmunzelnd.

Mit aller Kraft zog er sich auf sein Pferd. Kurz darauf galoppierte er zum nördlichen Tor hinaus. Tessa blickte ihm noch einen Moment nach, bevor sie schließlich ins Schloss zurückging.

Die fremde Frau

Dass Alazar eine Tochter haben sollte, wollte ihr nicht in den Kopf gehen. Wie sollte das überhaupt möglich gewesen sein? Er hatte all die Jahre nur eines im Sinn: Tessa finden und vernichten. Bei all seinen Rachetaten starben so viele Menschen. Jeder, der ihm in die Quere kam, musste sterben. Er tötete sogar seine eigene Großmutter.

Sie blieb auf dem langen Gang stehen und starrte aus dem Fenster. Von ihrem Platz aus konnte sie genau auf Devastar blicken. Bei dem Gedanken daran, dass es da draußen wirklich ein junges Mädchen geben sollte, das einen so grausamen Vater hatte, wurde ihr ganz anders.

Vielleicht wusste sie nicht einmal, wer ihr Vater war. Vielleicht war ihre Mutter einzig eine Gespielin für das Vergnügen zwischendurch? Je mehr Tessa darüber nachdachte, desto mehr Mitleid empfand sie.

Sie dachte daran, wie sie auf der Suche nach ihm waren und wie er sie bis zum bitteren Ende durch den Wald gejagt hatte. Bei dem Gedanken daran, wie er versucht hatte, Victor, seinen eigenen Bruder, zu töten, wurde ihr schlecht. Und plötzlich ließ sie etwas erstarren. Jegliche Gesichtsfarbe entwich ihr, und sie hob die Hand vor den Mund.

Als sie diese wenige Sekunden später sinken ließ, sagte sie leise vor sich hin:

„Wenn dieses Mädchen wirklich existiert, dann ist sie Victors Nichte! Was wird er wohl dazu sagen? Wir müssen sie finden!" Kurz verstummte sie. „Aber was ist, wenn in ihr ebenfalls die schwarze Magie schlummert? Ich muss sofort zu Victor." Eilig lief Tessa in den oberen Flügel des Schlosses, um mit Victor zu sprechen. Ihr Herz raste bei dem Gedanken daran, wie er auf diese Neuigkeit reagieren würde. Wenn es dieses Mädchen wirklich gab, dann brauchte sie eine Familie. Und wer sollte dafür besser in Frage kommen als Victor? Zwar verabscheute er die Taten seines Bruders und auch ihn selbst, doch Tessa wusste, dass sein Herz groß war und er ihr helfen würde.

***

Währenddessen erreichte Jaroslaw das nördliche Gebirge Aschgads. Die Sonne, so sah es zumindest aus, küsste gerade die Bergspitzen. Langsam schob sie sich über diese hinweg.

Für Jaroslaw war klar, dass er, wenn er irgendwas herausfinden wollte, nach Devastar musste. Denn an keinem anderen Ort als diesem vermutete er Arman. Der Gedanke daran, dass seinem besten Freund irgendwas zugestoßen sein könnte, brachte ihn in Rage, und er trieb sein Pferd an. Im Galopp lief es durch die Täler bis hin zum großen Wald, welcher die Berge von Aschgad abgrenzte.

Als er wenig später direkt vor dem Wald zum Stehen kam, sah er sich um. Es gab mehrere Wege, die durch den Wald hinauf zu den Bergen führten. Langsam lief sein Pferd am Rande des Waldes entlang. Blickte man hinein, so sah man nichts, außer Dunkelheit und Baumstämme. Sein Pferd wurde sichtbar nervös, doch er führte es bei langsamen Schritt immer weiter geradeaus. Flüsternd versuchte er, das Tier zu beruhigen.

„Ruhig, mein Junge! Hier ist nichts!" Doch das Tier wieherte immer weiter und lief etliche Schritte rückwärts.

„Wirst du wohl! Wir müssen weiter! Arman braucht vielleicht unsere Hilfe." Aber alles Zureden half nichts. Das Pferd spürte etwas und weigerte sich, weiterzugehen.

Plötzlich riss es seine Vorderhufe in die Höhe und Jaroslaw flog ins hohe Gras. Dabei verhedderten sich die Zügel an einem herabhängenden Zweig, sodass das Tier nicht davonlaufen konnte.

Mit schmerzverzogenem Gesicht richtete sich Jaroslaw auf.

„Du verdammter Gaul! Ich habe dir doch gesagt, dass...", aber plötzlich verstummte er und hielt seinen Blick auf etwas gerichtet, was weiter hinten zwischen den Bäumen lag. Vorsichtig lief er näher und kniff die Augen zusammen, um etwas zu erkennen. Sein Pferd scharrte aufgeregt mit den Hufen und versuchte sich zu befreien. Je mehr es seinen Kopf bewegte, desto weiter wickelten sich die Zügel um den Zweig.

„Das gibt es doch nicht! Arman!" Als Jaroslaw seinen Freund erkannte, rannte er sofort zu ihm und ließ sich neben dem Verletzten nieder.

„Was ist passiert? Arman! Wach auf!" Immer wieder rüttelte er an seinem Freund, der sich nicht regte und auch kein Wort sprach. „Verdammt! Jetzt wach endlich auf!", rief Jaroslaw verzweifelt. Kurz hielt er inne und beugte sich schließlich zu seinem Gesicht herab.

Er wollte hören, ob er überhaupt noch atmete. Dicht an seiner Nase hielt er inne, um zu lauschen. Nicht einen Atemzug hörte er. Doch plötzlich geschah etwas, womit er nicht gerechnet hatte.

„Wenn du denkst, dass ich tot bin, dann irrst du dich aber gewaltig, mein Lieber." Erschrocken fuhr Jaroslaw zusammen und sah in Armans grinsendes Gesicht.

„Du elender Hund! Ich glaubte wirklich, du bist tot! Was machst du hier? Und wie siehst du überhaupt aus? Wegen deinem Spielchen hat mein Pferd mich ins Gebüsch geworfen."

„Um das erleben zu können, hat sich mein kleines Spielchen doch gelohnt", scherzte Arman und richtete sich auf. „Außerdem wirst du eines Tages meine Grabrede halten. Ich dachte, dass du dich darauf schon einmal vorbereiten solltest."

„Das werden wir ja noch sehen!", sagte Jaroslaw und richtete sich ebenfalls auf. Mit beiden Händen klopfte er sich den Schmutz von der Kleidung.

„Dann hat dein Bote dir also nichts gesagt?", fragte Arman.

„Mein Bote? Machst du Witze? Weder er noch du sind nach Aschgad gekommen! Was meinst du, weshalb ich mich persönlich auf den Weg gemacht habe, um dich zu suchen?"

„Verstehe. Das ist kein gutes Zeichen. Dann muss ihm irgendwas zugestoßen sein", meinte Arman und sein Blick verriet, dass er über etwas nachdachte.

„Besäßest du jetzt endlich die Güte, mir zu erklären, was los ist? Wieso warst du nicht auf der Taufe von Miray anwesend?"

In Jaroslaws Stimme lag Zorn, auch seine Gesichtszüge deuteten darauf hin, dass er wütend war.

„Moment. Alles zu seiner Zeit. Erst einmal brauche ich ein Pferd, damit wir aufbrechen können. Ich habe nicht vor, hier zu versauern. Meines ist davon gelaufen, als so ein dämlicher Greifvogel über uns kreiste und seine Laute ausstieß. Ich sag dir, ein verdammter Angsthase, dieser Gaul. Eigentlich kann ich froh sein, dass er verschwunden ist." Arman schloss die Augen, hob beide Hände in die Höhe und bewegte sie fast schon in Zeitlupe von links nach rechts. Magiestrahlen begannen zu funkeln und schwebten direkt aus seinen Handflächen. In der Luft formten sie etwas, was zunächst nicht erkennbar war. Wenige Sekunden später stand vor ihnen ein prächtiger, schwarzer Hengst.

„Wahrlich, du hast es immer noch drauf", sagte Jaroslaw und betrachtete das Tier.

„Ein Meister kommt nie aus der Übung", scherzte Arman und schwang sich auf sein neues Pferd. „Komm, wir müssen dort entlang", sagte er und gab dem Tier ein Zeichen, loszulaufen. Sofort schwang sich auch Jaroslaw auf sein Pferd und folgte ihm.

Als Arman ihn nachkommen sah, stieß er seinem Pferd in die Seiten und es galoppierte davon.

Jaroslaw verstand sein Vorhaben und tat es ihm nach. Sie lieferten sich ein Wettrennen.

„Du hast gewonnen", rief Jaroslaw nach einigen Minuten. „Jetzt bleib endlich stehen und sage mir, was Sache ist!"

„Siehst du die Hütte dort oben?", fragte Arman, als auch sein Pferd langsamer wurde.

„Was soll damit sein?" Genervt rollte Jaroslaw mit den Augen.

„Dort müssen wir hin. Es heißt, dass sie dort oben wohnen."

„Von wem sprichst du?" Jaroslaws Zorn steigerte sich allmählich immer mehr. Arman liebte es, ihn zur Weißglut zu bringen. Und jedes Mal fiel er darauf rein.

„Wie in alten Zeiten. Du und ich auf geheimer Mission. Und du ärgerst dich schwarz, weil ich Informationen habe, die du selbst gerne hättest." Amüsiert sah Arman seinen Freund an.

„Also gut. Du hast gewonnen. Aber weißt du was? Auch ich habe Erinnerungen an die alten Zeiten und wenn du nicht daran denkst, werde ich dich ebenfalls reinlegen." Er ließ sein Pferd stolz an Arman vorbei galoppieren, welcher die Augen verdrehte und ihm folgte.

„Sie ist dort oben, so sagen es die Leute. Die Geliebte und seine Tochter."

„Du meinst, es gibt dieses Mädchen wirklich?"

„Noch habe ich sie nicht gesehen, aber die Menschen sagen, dass sie dort leben sollen."

„Worauf warten wir? Ich will die Hütte noch vor Sonnenuntergang erreichen", rief Jaroslaw und trieb sein Pferd an.

***

„Ach Jaroslaw! Es hat dir also doch keine Ruhe gelassen, was die Leute sagen. Ich habe es mir schon gedacht. Hoffentlich bestätigen sich die Gerüchte nicht", sagte Marietta, die den Brief ihres Mannes erneut las.

Die Tür zu ihrem Zimmer ging auf, und als sie ihre Tochter erkannte, ließ sie den Brief sofort verschwinden. Sie versuchte, lächelnd ihren Schrecken zu verbergen.

„Hast du eine Ahnung, wo Papa ist? Ich suche ihn schon den ganzen Tag." Ohne sich etwas anmerken zu lassen, setzte sich Tessa zu ihrer Mutter.

„Ich habe keine Ahnung. Wahrscheinlich kontrolliert er die Grenzen des Landes."

„Die Grenzen kontrollieren? Gibt es einen Grund dafür? Jetzt mache ich mir Sorgen", sagte Tessa.

Sie sah ihre Mutter mit großen Augen an. Sofort reagierte Marietta darauf und versuchte, ihre Tochter zu beruhigen.

„Aber nein. Alles ist in bester Ordnung. Du kennst doch deinen Vater, er geht immer auf Nummer sicher." Marietta sah ihre Tochter liebevoll an.

„Naja, eigentlich vertraut er seinen Soldaten und verbringt viel lieber die Zeit mit uns, als dass er Patrouille an den Grenzen reitet. Ich bitte dich, du musst mir sagen, wenn es irgendwas gibt, worüber wir uns Sorgen machen müssen!" Tessa musterte ihre Mutter genau. Sie wusste, dass diese nervös wurde, wenn man sie lange ansah.

„So glaube mir doch! Es gibt nichts, worüber du dir deinen Kopf zerbrechen musst!" Allmählich wurde sie nervöser, zumal Tessas Hand dem Versteck des Briefes immer näher rückte.

„Dann will ich dir mal glauben", sagte Tessa und musste aufpassen, nicht grinsen zu müssen.

„Musst du nicht zu Miray?", drängte ihre Mutter nervös.

„Nein. Sie ist bei ihrem Vater. Ich dachte mir, dass wir etwas mehr Zeit miteinander verbringen könnten." Geschickt ließ sie ihre Hand unter die Decke gleiten. Sie ließ es so aussehen, als wäre es zufällig geschehen. Fragend sah sie ihre Mutter an.

„Wir können gerne etwas Zeit miteinander verbringen. Aber wie wäre es, wenn wir…", kurz hielt sie inne.

„Wie wäre es, wenn wir in den Garten gehen? Das Wetter ist wundervoll." Mit der Hand deutete sie zum Fenster, durch das die Sonne ihr Licht warf.

„Was ist das?", sagte Tessa, als sie endlich das Papier gefunden hatte. Sie zog den Brief heraus und las, was ihr Vater geschrieben hatte. Marietta setzte sich auf den Stuhl am Fenster und überlegte, was sie ihrer Tochter nun sagen sollte.

„Ich kann es dir erklären."

„Was kannst du mir erklären? Und was ist das für ein Zettel? Wenn ich ihn lesen will, verschieben sich die Buchstaben einfach."

Erstaunt sah Marietta auf. Hatte Jaroslaw einen schützenden Zauber auf das Papier gelegt?

„Ach, nein. Ich habe mich nur versprochen", versuchte sie, sich nun rauszureden. Die Tür ging auf und Victor kam herein.

„Hier bist du. Ich habe dich gesucht, mein Schatz."

„Wo sollte ich denn sonst sein?"

„Keine Ahnung", sagte Victor und küsste seine Frau auf die Stirn.

„Es ist ja nicht so, dass mein Vater bei der Suche nach Alazars Tochter Hilfe gebrauchen könnte, jetzt, da Arman nicht auffindbar war." Verdutzt sahen Marietta und Victor sie an.

„Woher weißt du...?" Doch er wurde unterbrochen.

„Ich habe gesehen, wie er sich heimlich davon schleichen wollte. Also lief ich zu den Ställen und stellte ihn zur Rede. Die ganze Zeit über habe ich gespürt, dass irgendwas nicht stimmt. Ich habe nachgefragt und ihr sagtet, es sei alles in bester Ordnung. Eigentlich müsste ich euch böse sein!" Tessa stand auf und ging zu dem zweiten Fenster des Raumes. Sie musste sich das Lachen verkneifen, da sie nicht gut darin war, anderen vorzuspielen, dass sie wütend sei.

„Und den Zettel hat er dir wahrscheinlich heute Morgen geschrieben." Sie reichte den Brief ihrer Mutter. Als diese sah, dass die Buchstaben nicht verschoben waren, musste sie laut lachen.

„Du hast uns ganz schön an der Nase herumgeführt!", sagte Marietta, als ihr bewusst wurde, dass Tessa sie reingelegt hatte.

„Ich bin eine Galdasch. Mich kann man nicht so einfach hinters Licht führen. Wenn ich spüre, dass etwas nicht stimmt, dann finde ich es heraus."

„Wie konnte ich nur vergessen, dass meine Frau so hartnäckig sein kann", sagte Victor, stand auf und nahm sie in die Arme. Mit großen Augen sah sie ihn an. Kurz überlegte sie, was sie sagen sollte.

Es wollten ihr nicht die richtigen Worte einfallen. Doch sie beschloss, einfach zu sprechen:

„Wenn es dieses Mädchen wirklich gibt… Weißt du, was das bedeutet?"

„Sie könnte die schwarze Magie bereits im Blut haben. Zumal wir von ihrer Mutter nichts wissen."

„Ja, das auch. An die Mutter habe ich noch gar nicht gedacht. Mich beschäftigt etwas anderes. Wenn dein Bruder wirklich eine Tochter hatte, dann wäre sie deine Nichte!" Erwartungsvoll sah sie ihn an.

„Ja, das wäre sie in der Tat. Niemals habe ich zu glauben gewagt, dass Alazar überhaupt fähig für eine Beziehung mit einer Frau war und jetzt soll da dieses Kind von ihm sein."

„Was sollen wir tun?", fragte Tessa und sah Victor mit großen Augen an und wirkte nervös.

„Nichts. Dein Vater und Arman sind bereits auf der Suche nach ihr. Und sollte es sie wirklich geben, müssen wir herausfinden, ob sie eine schwarze Magierin ist oder nicht."

„Sollte sie es nicht sein, dann werden wir sie und ihre Mutter zu uns holen."

„Das würdest du tun?", fragte Victor ungläubig. Zwar hatte er bereits daran gedacht, aber dass Tessa diesen Vorschlag selbst machen würde, hätte er nicht erwartet.

„Sie ist deine Nichte und sie kann nichts für ihren Vater."

„Ich liebe dich!"

***

„Die Hütte sieht nicht bewohnbar aus, wenn du mich fragst." Arman ging einige Schritte näher und betrachtete das kleine Häuschen, dessen Fenster mit Vorhängen verdeckt waren.

„Ein perfekter Ort, um sich zu verstecken", meinte Jaroslaw. Zusammen gingen sie zur Tür. Ein kurzer Blick, dann klopfte Arman fest dagegen. Arman klopfte mit so viel Kraft an die Tür, dass Jaroslaw glaubte, diese könnte aus dem Rahmen fliegen. Denn wie auch das Haus selbst, war die Tür in keinem guten Zustand. Minutenlang geschah nichts.

„So macht die Tür auf! Der König Aschgads will euch sprechen!", forderte Arman. Aber es blieb still.

„Hier ist niemand", sagte Jaroslaw und wollte gehen. Er hatte gehofft, dass sich die Gerüchte nicht bestätigen würden. Als ihnen niemand öffnete, atmete er erleichtert durch. Doch plötzlich ging die Tür einen Spalt breit auf.

„Was ist?", fragte eine ältere Frau, welche sich versteckt hielt und schüchtern herausblickte. Arman sah seinen Freund aufgeregt an. Beide liefen sofort zurück zur Tür.

„Macht die Tür auf und lasst uns herein, gute Frau", bat Jaroslaw.

„Warum sollte ich das tun?", fragte sie und wirkte ernst.

„Weißt du nicht, wer vor euch steht? Das ist Jaroslaw, der König des Landes, in welchem du lebst!"

Arman schien sie mit seiner ernsten Stimme einzuschüchtern. Ihre Augen weiteten sich und sofort schob sie die Tür weiter auf.

„Kommt herein", bat sie und führte den König in ihre bescheidene Behausung. Auf einem Bett in der Ecke schlief ein junges Mädchen, dessen Gesicht die beiden Könige nicht sehen konnten.

„Was führt sie zu mir?", fragte die Frau. In der Hütte gab es nur wenig Licht, einzig die Kerzen an den Wänden erleuchteten das Zimmer. So sehr sich die Könige auch bemühten, sie konnten nichts erkennen, außer ein paar Möbel und Türen.

„Es geht das Gerücht um, dass Alazar eine Tochter hatte." Jaroslaw beobachtete sie genau. Ihre Augen weiteten sich und jegliche Farbe wich aus ihrem Gesicht.

Sofort fiel sie auf ihren Stuhl und hielt sich die zittrigen Hände vor ihr Gesicht.

„Nehmt sie mir nicht weg! Mein Mädchen kann nichts für ihren Vater!", flehte sie.

„Also ist es wahr?", fragte Arman.

„Sie weiß es nicht! Ich habe ihr erzählt, dass ihr Vater verstorben sei, kurz nach ihrer Geburt. In gewisser Maßen stimmt dies auch."

„Hat sie magische Fähigkeiten?", fragte Arman rasch.

„Die Elfen haben ihr eine Gabe geschenkt. Ja."

„Ich meinte, hat sie die schwarze Magie von ihrem Vater in die Wiege gelegt bekommen?"

„Nein! Mein Kind ist ein guter Mensch! Er hat sie von Anfang an abgelehnt! Er nannte mich eine Heuchlerin! Er nannte mich eine", doch sie sprach es nicht aus. Zu schlimm waren die Erinnerungen.

„Das sieht ihm ähnlich", sagte Jaroslaw.

„Als ich ihn kennenlernte, war er anders. Aufmerksam, fürsorglich, charmant. Alles, was eine Frau sich von einem Mann wünschen konnte, erfüllte er.

Doch je länger ich mit ihm liiert war, desto mehr spürte ich, dass er all dies nicht war. Die dunklen Seiten in ihm traten immer mehr ans Tageslicht und ich bekam Angst. Als ich schwanger wurde, floh ich zu meiner Mutter, doch sie jagte mich davon. Von Anfang an hatte sie mich vor ihm gewarnt, doch ich wollte ihr nicht glauben. Einige Zeit lang blieb ich alleine, bis mir einfiel, dass seine Großmutter immer großen Einfluss auf ihn hatte. Ich ging also zu ihr. Mit offenen Armen nahm sie mich auf und versprach mir, mit ihm zu sprechen."

Sie machte eine kurze Pause, um nach ihrer Tochter zu sehen. Aber das Mädchen bekam von dem Besuch und dem Gespräch nichts mit. Sie schlief tief und fest.

„Sie sprach mit ihm und er kam zu ihr ins Haus.

Mein Mädchen war bereits auf der Welt und ich stellte sie ihm vor. Es ist ein Wunder, dass wir noch leben. Er fluchte und tobte laut. Nicht einmal das Wort seiner Großmutter zählte. Ich schnappte mein Baby und lief aus dem Haus.

Doch es sollte nicht genug sein, dass er seine Tochter ablehnte. Wenige Minuten später eilte er mir als schwarzer Schatten nach." Die Frau hielt inne und begann zu weinen.

„So sprecht weiter, gute Frau", drängte Arman und erntete dafür einen bösen Blick von Jaroslaw, welchen er schulterzuckend beantwortete. Arman wusste, dass er rücksichtsvoller sein sollte, aber er wusste auch, in welcher Situation sie sich befanden.

„Er sagte, dass seine Tochter, wenn sie es denn wirklich sei, einzig seinen Namen tragen solle und die schwarze Magie durch ihre Adern fließen werde." Entsetzt blickten die Könige sie an.

„Aber nein, durch Alaras Adern fließt kein schwarzes Blut! Ich suchte Hilfe beim Rat der Weisen! Sie nahmen den Fluch von ihr, nur ihren Namen konnten sie nicht ändern und ebenso wenig ihr Aussehen. Jahre schon verstecken wir uns hier oben.

Die Menschen würden sie verachten, weil sie ihm ähnelt. Das soll mein Kind niemals zu spüren bekommen!" Ernst und entschlossen sah sie die Könige an.

„Ihr müsst euch nicht länger verstecken. Die Menschen Aschgads wissen bereits, dass er eine Tochter hat", erklärte Jaroslaw.

„Mein König, ich weiß, dass die Menschen es wissen. Aber wir werden hier oben bleiben. Hier ist sie sicher und muss den Spott der Menschen nicht ertragen! Außerdem werden sonst die Briefe zu ihr gelangen!"

„Die Briefe?", fragten Jaroslaw und Arman wie aus einem Munde.

„Die vier Weisen des Moguls sagten mir, dass es in der Voraussagung steht.

Er, der versuchte, alle magischen Länder mit schwarzer Magie zu erobern, scheitert. Doch sein Erbe wird sich für ihn rächen. Mit Hilfe der von ihm, mit seinem Blut verfassten Briefe, wird die schwarze Magie von ihr Besitz ergreifen!"

Es blieb still. Einzig ein Husten von Alara ertönte.

Die Frau wusste, dass ihre Tochter sicher bald erwachen würde. Zu später Stunde tat sie dies des Öfteren. Sie liebte es, im Schein des Mondes spazieren zu gehen. So hatte sie die Chance, das Dorf unterhalb des Berges zu besuchen, ohne gesehen zu werden.

Zwar verbot ihre Mutter dies, dennoch schlich sie heimlich davon.

„Wir müssen die Briefe finden und vernichten", sagte Jaroslaw entschlossen.

„Mein König! Wo wollt ihr nach diesen Briefen suchen? Und wie wollt ihr dies anstellen?"

„Nun, ich weiß, wozu Alazar fähig war. Und sollte die Voraussagung stimmen, dann müssen wir handeln und dein Mädchen vor ihrem Schicksal bewahren!"

„Eines jedoch gilt es zu beachten", fügte die Frau an und sah dabei alles andere als froh aus.

„So sagt es uns", bat Jaroslaw.

„Sobald Alara ihren siebzehnten Geburtstag hat, müssen alle Briefe vernichtet sein. Denn erst dann verfliegt ihr Schutz und erst dann werden die schaurigen Briefe ihre Taten erfüllen können."

„Wann wird sie siebzehn?", hakte Arman nach.

„Schon in wenigen Wochen. Ihr Geburtstag ist der dreiundzwanzigste Juli."

„Wir brechen sofort auf!", sagte Jaroslaw entschlossen.

„Zusammen werden wir seine Schmierereien vernichten können!"

„Mein König", sagte die Frau und ergriff seine Hand. „Ich stehe zu tiefst in eurer Schuld! Wenn es euch gelingen sollte, die Briefe zu vernichten, dann rettet ihr nicht nur das Leben meiner Tochter, sondern auch das meine. Er jagte mir den Tod auf den Hals, sollte ich ihr jemals erzählen, wer ihr Vater ist. Der Mogul aber sagte mir, dass dieser Fluch nicht länger wirksam sein wird, sollte es jemandem gelingen, die Briefe zu vernichten!"

„Mein Volk ist mir seit vielen Jahren treu ergeben. Und auch du und deine Tochter seid mein Volk. Es ist an der Zeit, dass ich mich für euch einsetze. Sobald wir die Briefe vernichtet haben, werden wir zu euch zurückkehren und es euch wissen lassen."

„Jaroslaw, lass uns aufbrechen. Die Zeit ist knapp und wir brauchen einen Plan."

„Passt auf euch auf, Mütterchen!" Die beiden Könige verließen die Hütte der Frau, wo ihre Pferde warteten. Sie stiegen auf und galoprierten davon. Zurück blieb eine alte, ängstliche Frau.

Sie wusste nicht, ob sie über das eben Geschehene froh sein sollte oder ob sie sich um ihren König sorgen müsse. Eines hatte sie den Königen von Aschgad und Azuria verschwiegen. Sollten sie nicht alle Briefe ausfindig machen, bevor das Mädchen siebzehn Jahre alt wurde, würde dem König des Landes ein unaufhaltsamer Fluch treffen.

Briefe

„Es gab sie tatsächlich. Das Gerücht um das geheimnisvolle Mädchen war keine Lüge. Zwar hatten Jaroslaw und Arman sie nicht richtig sehen können, aber sie vertrauten der Frau, welche ihnen ängstlich, aber dennoch bereitwillig alles erzählte. Sie wirkte eingeschüchtert, und auch ihre Blicke, die die beiden Könige genauestens beobachtet hatten, verrieten, wie hoch Alazars Macht über sie gewesen sein musste. Obwohl er schon lange tot war, fürchtete sie ihn noch immer.

Die Könige wussten, dass sie fortan mit wachsamen Augen durch das Land reiten mussten. Denn Briefe wurden normalerweise durch einen Boten direkt zu dem gebracht, der sie empfangen sollte. Dieses Mal jedoch verlief es anders.

Irgendwo im Land würden sie auftauchen und ihren Weg selbst zu Alara, der Erbin Alazars, finden. Alazar wollte verhindern, dass es jemandem gelingen würde, diese zu finden und zu vernichten. Eine solche Idee überhaupt zu verwirklichen, zeigte einmal mehr, wie sehr er die schwarze Magie beherrschte.

Aber wo sollten sie suchen? Arman und Jaroslaw waren sich sicher, dass Alazar nicht irgendwelche Orte ausgewählt hatte. Es mussten für ihn wichtige Stationen seines Lebens gewesen sein. Zumindest war dies deren Theorie. Blieb nur noch die Frage, welche und wie viele Briefe es wohl sein sollten.

„Wir müssen unsere Familien wissen lassen, dass es uns gut geht!", sagte Jaroslaw nachdenklich.

„Sicher, aber ich schlage vor, wir erwähnen nichts davon, dass wir das Mädchen gefunden haben und nun versuchen, diese Briefe zu finden. Unsere Mädchen sind abenteuerlustig. Sie würden sofort aufbrechen, um uns zu helfen! Vor allem Tessa."

„Ja, das ist wahr. Von wem sie das nur haben?", scherzte Jaroslaw. „Dann sagen wir ihnen, dass wir auf unserer Reise beschlossen haben, alte Zeiten wieder aufleben zu lassen und gemeinsam durch die Länder zu reiten. Ich bin mir sicher, dass dieser Plan funktioniert."

„Genauso gut, wie Tessa nichts von allem zu erzählen, habe ich recht?" Armans Grinsen verriet seine Schadenfreude.

„Jaja, mach dich nur lustig darüber! Sag mir lieber, wie wir ihnen die Nachricht überbringen wollen!"

„Mit Magie funktioniert alles. Hast du schon vergessen, dass wir in einer magischen Welt leben?" Argwöhnisch sah Arman seinen Freund an. Irgendwie verhielt er sich seltsam.

„Nein, ich habe es nicht vergessen. Ich würde nur viel lieber bei ihnen sein und nicht nach diesen lumpigen Briefen suchen müssen. Miray wächst jeden Tag so schnell."

„Du hast Angst, etwas zu verpassen, habe ich recht?"

„Ja", gab Jaroslaw ohne Zögern zu.

„Wir werden nur wenige Wochen unterwegs sein, hörst du? Und dann verbringst du jeden Tag mit deiner kleinen Prinzessin."

„Ich hoffe, dass du recht behalten wirst!" Es wurde still. Jaroslaw schien in Gedanken bei seiner Familie zu sein, und Arman wusste nicht, was er ihm sagen sollte. So beschloss er, eine magische Nachricht an seine und Jaroslaws Familie zu erstellen und diese auf Reisen gehen zu lassen.

Dazu musste er sich in Gedanken nur vorstellen, was er in einen richtigen Brief schreiben würde. Seine Gedankenfeder tat dies für ihn und ließ die Schrift sogar wie die seine aussehen. Vor ihm formten sich zwei Briefe in der Luft.

Als er die Briefe beendet hatte, tauchten sie vor ihnen auf. Schwebend harrten sie vor ihnen aus.

Schließlich hob er seine Hände in die Höhe, und Magiefunken tauchten auf, die diese sanft davon trugen.

„Deine außerordentlichen magischen Fähigkeiten sind wahrhaftig bewundernswert", sagte Jaroslaw, der das Ganze beobachtet hatte.

„Deine sind ja wohl auch nicht von schlechten Eltern", antwortete Arman. Auf einmal stoppte er jedoch und zog die Zügel seines Pferdes an.

„Was ist mit dir? Hast du ein Gespenst gesehen?", scherzte Jaroslaw, als er den Blick Armans sah.

„Nein. Aber ich habe mich soeben an deine magische Fähigkeit erinnert! Weißt du noch? Damals? Du hast dich gedanklich auf die Suche nach Dingen begeben und sie letztlich auch gefunden!"

„Daran dachte ich auch, aber wenn ich ehrlich bin, weiß ich nicht, ob ich dazu noch in der Lage bin. So viele Jahre habe ich diese nicht gebrauchen müssen. Und ich frage mich, ob diese auch bei schwarzer Magie funktionieren." Fragend sah Jaroslaw seinen Freund an.

„Wir müssen jede Möglichkeit nutzen! Wir müssen Alazars Schmierereien so schnell wie möglich vernichten. Also, worauf wartest du?", sagte Arman herausfordernd.

Kurz überlegte Jaroslaw, aber Arman hatte recht. Sie durften nichts unversucht lassen. Er zog die Zügel seines Pferdes an und sprang herab. Konzentriert kauerte er sich auf den Boden, legte beide Hände auf das weiche Gras und schloss die Augen.

„Zeige mir die Schriften, mit dem Blut des Toten geschrieben", sprach er, und augenblicklich breitete sich ein roter Magiestrahl über dem Boden aus. Arman beobachtete das Geschehen und war begeistert. Dies war eine Gabe, welche er selbst gerne ausüben würde. Doch das Gesetz schrieb vor, dass man nur ein Elfengeschenk erhalten durfte. Wollte man weitere Gaben beherrschen, so musste man sie selbst erlernen.

„Ich habe sie!", sagte Jaroslaw und erhob sich. „Es sind vier an der Zahl. Der erste ist ganz in der Nähe."

„Ich wusste, dass es klappen würde", freute sich Arman. Sofort sprang Jaroslaw auf sein Pferd, und beide galoppierten zur Grenze zwischen Aschgad und Devastar.

***

Während die Könige fast am Ziel waren, erreichten die Briefe deren Zuhause. Marietta saß gerade auf einer Bank im Rosengarten, als ein magischer Strahl ihr diesen auf den Schoß legte.

„Nanu", sagte sie verwundert und legte ihre Stickerei beiseite, um den Brief zu öffnen. Vorsichtig schob sie die Öffnung des Umschlags nach oben und zog das Papier heraus. Leise begann sie zu lesen

„Wir sind wohlauf. Das Gerücht um Alazars Tochter konnte nicht bestätigt werden. Es gibt keinen Grund zur Sorge.

Arman und ich haben beschlossen, alte Zeiten erneut aufleben zu lassen.

Zu lange ist es her, dass wir gemeinsam durch das Land reiten konnten.

Macht euch keine Sorgen. Ich bin bald zurück.

Jaroslaw.

P.S.: Gib Miray einen Kuss von ihrem Großvater und sag ihr, dass sie nicht zu schnell wachsen soll."

Lächelnd schloss sie den Brief.

„Das wird dich beruhigen", sagte Marietta und dachte an Tessa. Als diese den Brief jedoch las, schimpfte sie laut:

„Ich kann es nicht glauben! Er versucht es schon wieder! Das Gerücht um das Mädchen kann keine Lüge gewesen sein! Nicht umsonst brach er sofort auf! Und nie im Leben hätte Arman Mirays Taufe absichtlich verpasst!

Im Grunde genommen ist er ihr Taufopa!" Wütend schmiss sie die Tür zu und lief davon.

„Sie kennt ihren Vater zu gut. Bitte, Victor, geh ihr nach, bevor sie irgendwelche unsinnigen Pläne in die Tat umsetzen wird."

„Wenn du mich fragst, war es von Anfang an eine Schnapsidee, der Sache alleine auf den Grund gehen zu wollen."

„Das mag sein, aber Miray ist so klein und sie braucht ihre Mutter."

„Aber eine Armee oder ich hätten ihn begleiten können!"

„Wahrscheinlich hast du recht, aber nun geh, bevor auch sie einfach davon galoppieren wird."

Victor tat schließlich, was Marietta ihm aufgetragen hatte. Im ganzen Schloss suchte er nach Tessa. Doch weder bei den Ställen noch in der Bücherei war sie zu finden. Nach einer knappen halben Stunde ging er in Mirays Kinderzimmer, um zu sehen, ob sie dort war. Und tatsächlich, nachdenklich hockte sie im Sessel neben Mirays Bett.

Als Victor sie sah, atmete er erleichtert aus und betrat das Zimmer.

„Na, hat meine Mutter dich geschickt, um mich davon abzuhalten, meinem Vater nachzureiten?"

„Sie meint es nur gut!", antwortete Victor.

„War ja klar, dass du auf der Seite meiner Eltern bist.

Aber ich kann euch alle beruhigen, ich weiß selbst, dass es unsinnig wäre, ihm nachzureiten."

„Wow! Dass du mal vernünftiger als dein Vater sein würdest, hätte ich niemals erwartet!"

„Ich bin nur so vernünftig, weil ich Mutter bin. Gäbe es unseren Sonnenschein noch nicht, wäre ich längst schon über alle Berge!"

Sie sah ihn an, als wolle sie, dass er bestätigte, was sie sagte. Aber Victor tat ihr diesen Gefallen nicht und tat es mit einem Lächeln ab.

„Wenn dieses Mädchen wirklich irgendwo da draußen ist, dann wird dein Vater schon wissen, was er unternehmen soll. Und außerdem hat er Arman gefunden. Zusammen sind sie stärker als einzeln."

„Ach ja? Und wer sagt, dass er Arman wirklich gefunden hat?"

„Soraya und Nevis. Sie haben angekündigt, uns zu besuchen, jetzt, wo alles wieder in bester Ordnung ist. Auch Arman hat eine Nachricht nach Azuria geschickt."

„Naja, wenn ihr alle meint, dass es so ist, wird es wohl stimmen." Trotzig verschränkte Tessa die Arme vor der Brust. Victor gab ihr einen Kuss auf die Stirn, hauchte ihr ein „Ich liebe dich" ins Ohr und verließ schließlich Mirays Kinderzimmer. Zwar war er sich nicht ganz sicher, ob Tessa wirklich nichts unternehmen wollte, aber er schenkte ihr sein Vertrauen, in der Hoffnung, sie würde auf ihn hören.

***

„Hier muss es sein", sagte Jaroslaw, als sie vor einer verwüsteten Hütte mitten an der Grenze zu Devastar zum Stehen kamen. Er sprang von seinem Pferd herab und betrachtete die Umgebung genauer.

„Dann lass mal hören. Wie sah das Versteck aus, das du voraussehen konntest?"

„Es war zu verschwommen, um den genauen Platz erkennen zu können, aber es lag definitiv unter Trümmern."

„Und so, wie diese Hütte aussieht, hat Alazar wirklich ganze Arbeit geleistet."

„Richtig. Wollen wir den Brief auf menschliche Weise suchen oder hast du Lust, es auf Magierart zu versuchen?" Ein breites Grinsen breitete sich auf Jaroslaws Gesicht aus.

„Die Menschen haben ja keine Ahnung, wie mühselig es sein kann, nach Dingen zu suchen. Die Zeit sitzt uns im Nacken. Lassen wir also den menschlichen Quatsch sein und versuchen es auf die altmodische Weise." Auch Arman grinste bis über beide Ohren. Schon in vergangenen Jahren hatten die Könige Freude daran.

77

Sie grinsten einander zu, denn es bedarf nur weniger Blicke, nicht einmal ein paar Worte, und sie wussten, was der andere dachte. Sie waren eben ein eingespieltes Team.

Gleichzeitig hoben sie ihre rechten Arme ausgestreckt in die Höhe. Kurz darauf folgte der linke Arm. Die Handflächen zeigten auf die zerstörte Hütte. Konzentriert behielten sie diese im Auge. Wie aus einem Munde riefen beide:

„Erhebet euch, ihr Trümmerteile,

gebt zum Vorschein, was darunter schon lange verweile."

Augenblicklich flogen die Bretter und Steine in die Höhe und fügten sich in der Luft zusammen. Doch weder die Bretter noch die Steine kamen zurück auf den Boden. Während sie in der Luft schwebten, begann das Gewühl aus Steinen und Brettern plötzlich zu zittern, als würde Strom durch sie hindurchfließen.

Arman und Jaroslaw fixierten das Geschehen.

Aus ihren Händen schossen noch immer magische Strahlen. Beide waren starke Magier, doch trafen ihre Kräfte aufeinander, waren sie fast schon unbesiegbar. Mit einem Mal krachte es laut, und das Stein- und Holzgewirr zerfiel in tausend kleine Staubkörnchen, die sanft auf die Erde fielen. Inmitten des Gewirrs lag der Brief, nach dem sie gesucht hatten.

Arman lief los und hob ihn auf. Vorsichtig, da er damit rechnete, dass Alazar ihn mit einem Schutzfluch belegt hatte, öffnete er ihn, während Jaroslaw bereitstand, um ihm im Notfall helfen zu können. Doch es geschah nichts. Zur Verwunderung der beiden ließ sich der Brief problemlos öffnen.

„Einst war ich es, der Großes schuf. Doch mein Leben wurde
mir von einer kleinen, Möchtegern-Magierin genommen.
Aus meinem Fleische aber wuchs heran mein Ebenbild, dem
ich meine magische Kraft vermitteln vermag.
Nun fließe, mein schwarzes Blut, fließe in die Adern der
zünftigen Brut.“

Kaum hatte Arman den Brief zu Ende gelesen, begann dieser hell zu leuchten. Sofort schuf Jaroslaw einen magischen Dolch, der sich durch das dicke Papier bohrte. Und als würde das Papier Schmerzen empfinden, begann es sich zusammenzuziehen. Lautes Schreien ertönte. Arman hielt sich schützend die Ohren zu, während Jaroslaw nur das Gesicht verzog, da er noch immer den Dolch festhielt. Erst als dieser aus dem Blatt herausgezogen wurde, hörte der Brief auf, sich zu bewegen.

„Den hätten wir erledigt! Bleiben nur noch drei dieser fürchterlichen Schriften“, triumphierte Jaroslaw.

„Dann lass mal hören, wo sich der nächste befindet."

„In einer Höhle, mitten in Devastar. Aber ich glaube, um an diesen heranzukommen, brauchen wir einen guten Plan. Ich habe Wasser gesehen. Wasser, das wahrscheinlich zum Schutz dienen soll."

„Und wahrscheinlich ist das Wasser mit Gift getränkt", sagte Arman und wirkte nachdenklich. „Aber ich glaube, ich weiß, wie wir es schaffen können."

„Wie?", fragte Jaroslaw und runzelte die Stirn.

„Wir brauchen jemanden, dem das giftige Wasser nichts anhaben kann."

„Ach, wer bitte soll das sein?"

„Das wirst du erfahren, sobald wir dort sind. Ich werde ihm eine Nachricht zukommen lassen. Aber jetzt sollten wir losreiten. Nicht, dass er noch vor uns dort sein wird und nach uns sucht", sagte Arman. Sein Gesichtsausdruck verriet, dass er nicht daran glaubte, dass die besagte Person vor ihnen erscheinen würde.

Jaroslaw sah seinen Freund verdutzt an, wusste aber, dass Arman viele Magier kannte, die ihm schon in so manchen Situationen helfen konnten.

***

„Nein! Das wirst du nicht tun! Wenn du gehst, dann gehe ich mit dir!"

„Ich weiß nicht, warum du so ein Theater machst! In dem Brief steht, dass ich alleine kommen soll! Du dürftest noch nicht einmal etwas davon wissen!"

„Und trotzdem weiß ich von diesem Plan! Und genau deswegen werde ich mit dir gehen!"

„Ich habe keine Lust darauf, dass dein Vater wochenlang sauer auf mich ist, nur weil du dich unbedingt in Gefahr bringen willst!"

„Soll er doch sauer sein! Zusammen mit Tessa habe ich noch viel größere Gefahren überwunden! Wo wir gleich beim Thema wären, ich bin mir sicher, dass es sie ebenfalls interessieren könnte, was unsere Väter treiben! Hat er Victor vielleicht auch zu sich gerufen?" Wütend trat Soraya gegen den Stein, der auf dem Boden lag.

„Ich habe keine Ahnung, aber du wirst nicht mit mir kommen! Dein Vater hat gesagt, er braucht mich! Versteh doch! Du bist für mich das Wichtigste, ebenso für deinen Vater! Du weißt, wie skeptisch er war, als du mich als deinen Partner ausgewählt hast! Ich muss ihm beweisen, dass ich deiner würdig bin! Soraya, bitte hab doch Einsicht!" Flehend sah er sie an. Nevis wusste, wie stur sie sein konnte. Immerhin hatte er lange gebraucht, sie überhaupt für sich gewinnen zu können.

Minuten vergingen. Nevis hatte die Hoffnung bereits aufgegeben, dass sie einsichtig sein könnte. Immerhin hatte sie nichts mehr gesagt, hielt die Arme verschränkt vor der Brust und trat immer wieder gegen Steine, die dann im hohen Bogen über den Boden flogen. Ihm war klar, dass dieses Spielchen stundenlang so weitergehen konnte.

Einen Moment lang überlegte er, was er tun sollte. Schließlich entschied er sich, einfach zu gehen und sie schmollend stehen zu lassen. Doch dann geschah etwas, womit er niemals gerechnet hatte:

„Also gut. Reite alleine zu ihm. Aber du musst mir versprechen, dass du mich wissen lässt, wenn ihr Hilfe braucht!" Nevis hielt inne, drehte sich zu ihr um und blickte sie verwundert an.

„Ist das wirklich dein Ernst, oder versuchst du mich nur zu beruhigen und reitest mir dann heimlich nach?"

„Es wäre tatsächlich ein geschicktes Ablenkungsmanöver, aber nein. Dieses Mal meine ich es wirklich ernst. Und nun geh, ehe ich es mir anders überlege!"

„Ich liebe dich! Danke, dass du mir vertraust!" Er wollte ihr gerade einen Kuss geben, als sie plötzlich sagte:

„Vielleicht sollte ich doch mit dir gehen!"

„Ich bin schon auf und davon, aber einen Kuss gebe ich dir dennoch!" Und noch ehe Soraya etwas sagen konnte, presste Nevis seine Lippen auf die ihren. Als er sich von ihr löste und ihre zarte Hand festhielt, sagte sie zu ihm:

„Ich liebe dich! Pass auf dich auf."

„Das werde ich!", sagte er, gab ihr einen Kuss auf die Stirn und lief zu den Ställen.

„Und sage meinem alten Herren, dass er sich warm anziehen kann, wenn ihr zurückkommt!"

***

„Er ist tatsächlich noch nicht da! Ich hatte erwartet, dass er sich ins Zeug legen würde, um mir etwas zu beweisen", sagte Arman.

„Von wem sprichst du denn überhaupt?" Jaroslaw sah ihn fragend an.

„Nevis. Der Bursche möchte mein Mädchen heiraten. Doch wie kann ich das zulassen, wenn ich nicht einmal weiß, ob er ihrer würdig ist?"

„Ob er ihr würdig ist, entscheidet noch immer deine Tochter", sagte Jaroslaw belehrend.

„Ach, als ob du Victor damals nicht getestet hast!"

„Du sagst es, damals! Soraya und Nevis sind beide erwach-sene Menschen!"

„Man kann nie zu oft testen. Meine Tochter bedeutet für mich mehr als die gesamte magische Welt!"

„Und mir ebenso", sagte Nevis außer Atem, als er plötzlich auftauchte. „Und deswegen habe ich sie mit allen Mitteln davon überzeugt, mich nicht zu begleiten!" Jaroslaw sah seinen Freund schadenfreudig an. Sofort ernte-te er dafür einen bösen Blick seines Freundes.

Er war es, der Nevis näher kommen gesehen hatte und absicht-lich nichts zu Arman gesagt hatte. Jaroslaw wusste, dass er ein guter Junge sowie ein guter Krieger war und verstand nicht, warum sein Freund ihn schon so viele Jahre auf die Probe stellte.

„Also gut. Wieso sollte ich hierher kommen?", fragte Nevis, um die Stimmung zu lockern und Sorayas Vater endlich zu be-weisen, dass er sich auf ihn verlassen konnte.

„Wir müssen zu diesem Berg hinüber. Es muss dort eine Höhle geben, darin liegt ein Brief, den wir unbedingt in die Hände kriegen müssen!"

„Gut, dann lasst uns ein Boot herbeizaubern", schlug Nevis vor. Arman verdrehte die Augen und sah Jaroslaw vorwurfsvoll an.

„Wenn ich mir ein Boot hätte herbeizaubern können, hätte ich dich nicht gerufen", gab Arman dem jungen Mann zu verstehen. Nevis grinste und sagte schließlich vollen Mutes:

„Das Wasser ist vergiftet, das weiß ich längst. Ich wollte sehen, ob du wirklich so schlecht von mir denkst! Und was soll ich sagen, du rufst mich hierher, weil du meine Fähigkeiten brauchst, um an diesen Brief zu gelangen, vertraust mir letzt-lich aber doch nicht.

Nenne mir einen Grund, weshalb ich euch jetzt noch helfen sollte!"

Sein Blick war angespannt. Lange hatte er gebraucht, um mit Arman einigermaßen gut reden zu können. Jetzt bestand die Gefahr, dass er sich dieses aufge-baute Verhältnis selbst wieder zerstört hatte. Aber es sollte anders kommen. Der Blick von Sorayas Vater verriet, dass er ein schlechtes Gewissen hatte und zugeben musste, dass der Junge im Recht war. Doch er sagte nichts, kein Wort der Entschuldigung. Es hätte seinen Stolz verletzt.

„Nevis, wir brauchen dich! Ohne deine Hilfe können wir den Brief nicht zerstören!", betonte Jaroslaw, der Nevis Spiel mit-spielte, um seinen Freund zu ärgern.

„Also gut. Ich werde euch helfen. Aber ich habe eine Bedin-gung!", sagte er und verengte die Augen.

„Und die wäre?", fragte Arman und klang gar nicht erfreut.

„Von nun an wirst du mich akzeptieren und respektieren. Deine Tochter liebt mich. Sie ist wunderbar und ich liebe sie mehr als mein eigenes Leben! Doch ich wünsche mir nichts sehnlicher, als den Segen ihres Vaters. Ohne diesen kann ich sie nicht fragen, ob sie meine Frau werden will!" Arman sah ihn lange Minuten an. Die Zeit schien nicht zu vergehen, und Nevis wirkte mit jeder Minute nervöser.

„Wenn es das ist, was du von mir, deinem König, forderst", begann er, schwieg dann aber erneut.

„Dann sollst du es be-kommen. Es bedarf eine Menge Mut, sich mir so selbstbe-wusst in den Weg zu stellen.

Aber es bedarf noch viel mehr Mut, meine Tochter von ihren Plänen abzuhalten. Dir scheint es gelungen zu sein. Auf dich hört das Mädchen anscheinend."

Verblüfft sah Nevis in die Augen seines Königs. Hatte er ge-rade eingewilligt? Er konnte es nicht glauben.

„So, da diese Sache nun endlich geklärt ist, sollten wir auf-brechen und diese Kritzelei holen", drängte Jaroslaw.

„Das wird nicht nötig sein", sagte Nevis, und ein freches Grin-sen breitete sich auf seinem Gesicht aus. „Ich war sehr wohl vor euch hier, und das, obwohl ich eine lange Diskussion mit Soraya führen musste. Hier, das ist der Brief", sagte er und reichte den Königen das alte Papier.

Arman lächelte anerkennend und sagte:

„Das ist mein Junge!"

„Kommt, öffnen wir ihn", sagte Jaroslaw und entfernte das Siegel von Devastar. Augenblicklich schwebte der Brief in die Höhe, und Alazars finstere Stimme ertönte:

„Du bist mein!

Aber ich war niemals dein!

Gehorchen wirst du nun!

Mit meinem Blut in dir das Verlangte tun!

Auf ewig bleibst du mein Erbe.

Jetzt geh und sieh zu, wie Aschgad verderbe!"

Als der Brief davonfliegen wollte, ergriff Nevis einen Stein, warf ihn gegen das Stück Papier. Sofort zog er dieses mit voller Kraft herab, und es landete im giftigen Wasser.

Erst blieb es still um sie herum, doch dann bildete sich ein großer, immer tiefer gehender Strudel. Mit einem Mal schoss etwas aus der Mitte des Strudels in die Höhe. Es war der Stein, umwickelt von dem Brief. Als die beiden Könige und Nevis genauer hinsahen, erkannten sie, dass der Brief sich hin und her wand, als hätte er Schmerzen.

Ihnen war bewusst, dass in diesen Briefen viel mehr, als nur Alazars Blut steckte. Er musste in ihnen etwas viel Wertvolleres versteckt haben.

Ein Schrei ertönte, ließ die Männer sich die Ohren zuhalten, und augenblicklich löste sich der Brief von dem Stein. Mitten über dem See zerfetzte er sich selbst in der Luft. Hunderte Papierstücke fielen tonlos auf das Wasser herab, welches sich längst wieder beruhigt hatte.

„Da waren es nur noch zwei“, sagte Arman erleichtert.

„Lasst mich mit euch ziehen, vielleicht könnt ihr meine Hilfe erneut gebrauchen“, bat Nevis.

„Nein, mein Junge. Du hast eine wichtigere Sache zu erledigen“, begann Arman. Seine Stimme klang ernst und dennoch anders, als sonst. Er wirkte verändert. „Du kehrst nach Azuria zurück und sorgst dafür, dass sich unsere Frauen nicht allzu große Sorgen machen.“

„Aber“, begann Nevis.

„Nein, kein Aber. Du weißt nicht, wie anstrengend Soraya und Aljona sein können, wenn sie erfahren, was der wahre Grund für unsere Reise war. Wenn Soraya dann noch erfährt, dass du uns zur Hilfe geeilt bist, werden wir eine Ewigkeit brauchen, bis sie sich wieder beruhigt hat. In ihr steckt das Temperament ihrer Mutter.“ Arman grinste, als er an die beiden dachte.

„Und das deinige Temperament darf man ebenfalls nicht vergessen", fügte Jaroslaw hinzu, bevor die Könige sich auf den Weg machten, um den dritten Brief zu zerstören.

Zurück blieb Nevis, der erst in diesem Moment begriff, dass Arman nicht wusste, dass Soraya bereits erfahren hatte, weshalb er zu Arman kommen sollte.

Königsfluch

Nevis ritt sofort los, als er Arman und Jaroslaw nur noch als winzige Punkte am Horizont wahrnahm. Sein Pferd galoppierte so schnell, dass er in nur wenigen Stunden die Grenzen Azurias erreichte.

Noch bevor er dem Schloss näher kam, erhielt er erneut eine Nachricht von Arman, mit der Bitte, Soraya und Aljona nichts zu erzählen, da dies der ausdrückliche Wunsch Jaroslaws sei.

„Wenn du wüsstest, wie viel deine Tochter bereits weiß", sagte Nevis leise, als er den Brief zusammenfaltete und in seiner Tasche verschwinden ließ. Als er zum Tor des Schlosses hereinritt, war es Aljona, die ihn zuerst begrüßte.

„Nevis. Wo ist Arman? Soraya hat mir berichtet, dass er dir eine Nachricht hat zukommen lassen."

„Es ist alles in bester Ordnung. Arman und Jaroslaw reiten zusammen an den südlichen Grenzen Aschgads, um den Leuten dort einen Besuch abzustatten."

„Und was hat Arman damit zu tun?" Verwirrt sah sie ihn an.

„Keine Ahnung. Er sagte, dass dies ein altes Freundschaftsding sei." Aljona begann zu lachen. Verwundert sah Nevis sie an.

„Jaja, die beiden. Sie kennen sich schon seit Kindheitstagen. Du musst wissen, sie haben beide nur schwachsinnige Ideen gehabt und allerlei Quatsch angestellt. Diese Aktion ist der beste Beweis dafür."

„Das sieht Arman gar nicht ähnlich. Bis vor wenigen Tagen verhielt er sich, zumindest mir gegenüber, so, als müsse man Angst vor ihm haben."

„Angst haben? Vor Arman? Das soll wohl ein Witz sein. Aber, wenn ich es mir richtig überlege", sagte sie. „Du bist mit unserer Tochter liiert. Er wird dich genauestens geprüft haben. Soraya ist unser größter Schatz. Er will nur das Beste für sie."

„Ja, das habe ich sehr wohl bemerkt." Grinsend lief Nevis zu den Ställen, um sein Pferd abzusatteln. Erleichtert, da er sich vor Aljona nicht zu sehr erklären musste, wischte er sich den Schweiß von der Stirn.

Die Könige hatten es endlich geschafft, an dem alten Haus, welches Jaroslaw gesehen hatte, anzukommen. Hier hatte er den dritten Brief aufgespürt. Doch wo sollte hier ein Brief versteckt sein? Es war ihnen ein Rätsel, als sie durch jedes einzelne Zimmer liefen.

Als sie in einem der drei großen Wohnzimmer zum Stehen kamen, richtete Arman seinen Blick aus dem Fenster in den verwilderten Garten.

Unter einem Baum vernahm er ein kleines Kreuz, welches ein Grab zierte.

„Jaroslaw, ich glaube, ich habe das Versteck gefunden."

„Wo?", fragte dieser augenblicklich und drehte sich zu ihm. Er kam zum großen Fenster und stellte sich neben Arman.

„Siehst du, was ich sehe?", sagte dieser und hielt seinen Blick zum Kreuz gerichtet. Es dauerte einen Moment, bis Jaroslaw herausbekam, wohin er sah. Als auch er das Grab ins Auge fasste, drehte er abrupt sein Gesicht zu Arman.

„Du meinst", begann Jaroslaw.

„Ganz genau. Das ist ein Grab und ich bin mir sicher, dass dieses etwas mit ihm zu tun hat."

„Worauf warten wir?", sagte Jaroslaw und lief aus der Hintertür hinaus. Arman eilte sofort nach.

„Das glaube ich nicht", sagte Arman. „Das ist das Grab seines Vaters."

„Genau wie Tessa und Soraya es damals beschrieben hatten", ergänzte Jaroslaw.

Erst in diesem Moment begriffen sie, an welchem Ort sie waren.

„Wie die Mutter, so der Sohn", ertönte eine ihnen fremde Stimme.

„Wer ist da?", riefen beide Könige wie aus einem Munde und drehten sich erschrocken um.

„Der Vater, der zwei so unterschiedlichen Söhne. Ich weiß, dass ihr gekommen seid, um seinen Brief zu vernichten. Doch eines muss ich euch sagen." Seine Stimme klang ernst. Beide sahen gebannt auf das Grab hinab, sahen aber nichts, außer hellem Licht.

„Was ist es, das du uns sagen musst?"

„Einer von euch wird sterben. Ein mächtiger Fluch erfüllt diese furchtbaren Schriften. Nehmt euch in Acht! Ist euch euer Leben etwas wert, so lasset euer Vorhaben sein."

„Nein. Wir müssen unsere Familien schützen. Und wenn ich dafür mein Leben geben muss", sagte Jaroslaw.

Seine Gesichtszüge verrieten, dass er es ernst meinte und dennoch enorme Angst verspürte.

„Gibt es noch eine andere Möglichkeit, das Mädchen vor ihrem Schicksal zu bewahren?"

„Ich befürchte, dass dies die einzige ist. Deinen Mut schätze ich sehr, König von Aschgad. Es ehrt dich allemal. Doch dein Leben sollte dir ebenso wichtig sein."

„Ich bin ein alter Mann, ich habe mein Leben bereits gelebt. Tessa und Victor haben ihres noch vor sich und Miray, sie ist so klein."

„Miray also. Ich bitte dich, mein Freund, gib ihr einen Kuss von ihrem längst verstorbenen Großvater und sage ihr, dass ich sie sehr gerne kennengelernt hätte. Ich hoffe, sie hat sehr viel von ihrer wundervollen Mutter."

„Das hat sie in der Tat, ebenso von ihrem mutigen Vater. Das kleine Geschöpf zeigt schon jetzt, was sie mit ihren magischen Kräften kann."

„Ja, zum Beispiel magische Blitze herbeizaubern, dass andere sich die Nasenspitze verbrennen", sagte Arman.

„In der Tat", stimmte Jaroslaw ein und musste lachen, als er an diese Situation zurückdachte. Doch dann besann er sich. Vor ihnen lag noch immer die Aufgabe, die Briefe Alazars zu vernichten.

„Kannst du uns sagen, wo wir den Brief finden?"

„Ich kann es euch nicht nur sagen, ich kann ihn sofort herbeischaffen." Kaum verstummte er, begann die Erde des Grabes zu wackeln. In der Mitte teilte sie sich und in hohem Bogen schoss der Brief hervor. Sofort schnappte Arman diesen, damit der Wind ihn nicht forttrug.

„Öffne ihn", drängte Jaroslaw.

Seit sie über Miray gesprochen hatten, wuchs der Wunsch in ihm immer mehr heran, schnellstmöglich nach Hause zurückzukehren. Arman zögerte nicht lange und riss das Siegel ab. Augenblicklich begann der Brief rot zu leuchten.

„Lies ihn vor", rief ihm Jaroslaw zu.

„Vereinigt durch Blut und Blatt, bis der letzte Atemzug

entweicht.

Und du wirst gehorchen, ohne Widerstand, bis die Ewigkeit

sich schließt.

Sie soll bluten, du wirst es vollenden,

und die Linie der Galdasch für immer vernichten!

Erst wenn ihr Ende besiegelt ist,

wird der wahre Herrscher die Krone tragen!"

Kaum hatte Arman den letzten Satz beendet, schlängelte sich eine rote Linie an seinem Handgelenk entlang. Wind kam auf und Arman schrie auf, da er einen fürchterlichen Schmerz verspürte.

„Du musst ihn vernichten, ehe sein Blut in die Adern deines Freundes dringt! Schnell!", rief der Geist von Victors Vater Jaroslaw zu.

Ohne zu zögern, hob er seine rechte Hand. Mit den Augen fixierte er den Brief, aus welchem der rote Faden heraustrat und sich um Armans Arm schlängelte. Wenige Sekunden später schoss ein blauer Magiestrahl aus Jaroslaws Handfläche und vernichtete den Brief in letzter Sekunde. Dicke, graue Nebelschwaden stiegen auf und der Brief zerfiel, wie auch seine Vorgänger, in tausende kleine Papierfetzen.

Erschöpft sank Arman zu Boden und tastete sein rechtes Handgelenk ab. Schnell atmend eilte Jaroslaw zu ihm, um sich zu versichern, dass es seinem Freund gut ging.

„Das war knapp", rief Victors Vater ihnen zu. „Ich weiß, ihr müsst den letzten Brief finden und ebenfalls zerstören. Doch nehmt euch in Acht! Er wird ihn mit einem bösen Fluch belegt haben.

Mein Sohn war zwar ein sehr schlechter Mensch, aber er besaß ebenso ein helles Köpfchen und wusste, dass man versuchen würde, die Briefe zu vernichten.

Er konnte voraussehen, dass jemand kommen würde und sein Geheimnis lüften sollte. Ich bitte euch, seid vorsichtig! Auch ihr seid schlaue Männer. Wenn ihr es geschickt anstellt, könntet ihr den Fluch brechen oder sogar verhindern!"

„Wir werden vorsichtig sein, aber ebenso alles Notwendige unternehmen, um diesen letzten beschmierten Papierfetzen zu vernichten. Lieber möchte ich sterben, als dass ich meine Familie in Gefahr bringe. Und das Mädchen ist mit einem Vater - wie ihm - schon gestraft genug."

„Ja, auch wenn er mein Sohn ist, muss ich dir zustimmen." Kurz leuchtete der Grabstein auf und seichter Wind wehte ihnen um die Füße. Jaroslaw wusste, dass der Geist von Victors Vater nun wieder verschwunden war.

„Wohin führt uns der letzte Weg?", fragte Arman.

Konzentriert blickte Jaroslaw gerade aus, bis er schließlich entsetzt sagte:

„Wir müssen nach Hause. Der letzte Brief ist vor den Mauern meines Schlosses versteckt."

„Wie hat er das geschafft?" Auch Arman konnte dies nicht glauben.

„Ich habe keine Ahnung, aber lass es uns schnellstmöglich beenden. Ich ertrage diese Hölle nicht länger."

Doch ehe sie sich auf den Weg machten, streckte Jaroslaw seine rechte Hand erneut auf, wirbelte ein paar Mal in der Luft hin und her, bis schließlich ein großer Blumenkranz vor ihm auftauchte. Sanft ließ er diesen auf das Grab von Victors Vater sinken. Für einen Moment hielten sie inne. So viele Jahre schon war er tot und doch hatte er sich nicht verändert. Arman kannte Victors Vater gut. Immerhin war er der Cousin seiner Frau.

Wenig später sprangen sie auf ihre Pferde und ritten gen Heimat. Vorfreude, endlich seine Familie wiederzusehen, durchströmte Jaroslaws Körper. Und genau diese war es, die ihn antrieb. Noch vor Sonnenuntergang wollte er das Schloss erreichen.

***

„Ich frage mich allmählich, wie lange dein Vater noch unterwegs sein wird."

„Tja, ich habe von Anfang an gesagt, dass er nicht nur durch das Land reitet! Es ist ziemlich offensichtlich, dass er irgendwas über dieses Mädchen in Erfahrung gebracht haben muss! Aber ihr alle wolltet mir nicht glauben!"

„Tessa! Bitte! Wenn es dieses Mädchen wirklich geben würde, hätte uns dein Vater darüber längst informiert!"

Marietta versuchte, sie streng anzusehen, doch es gelang ihr nicht. Unvorstellbar, aber es gab tatsächlich Dinge, welche Marietta nicht umsetzen konnte.

„Sie kommen", rief eine aufgeregte Stimme. Eine junge Frau trat in den Thronsaal und strahlte die königliche Familie an.

„Wen meinst du?", fragte Marietta.

„Unseren König und Arman, den Herrscher Azurias."

Sofort erhob sich Marietta und umarmte das Mädchen.

„Woher weißt du das überhaupt?", hakte Tessa nach.

„Die Wachen an den Grenzen haben es berichtet. Sie sind nicht weit vom Schloss entfernt."

„Komm, holen wir Miray und begrüßen deinen Vater. Wir sollten unsere Meinungsverschiedenheit endlich beenden." Lächelnd trat Marietta auf ihre Tochter zu. Und auch Tessa schien dies zu wollen. Auf ihrem Gesicht breitete sich ebenfalls ein Lächeln aus.

„Du hast recht", gab sie zu und zog ihre Mutter an sich. Gemeinsam liefen sie schließlich zu Mirays Zimmer.

Behutsam nahm Tessa ihr Baby aus dem Bettchen, griff nach einer dünnen Decke, um sie damit zuzudecken. Zwar war es Sommer, doch die Abende wurden allmählich kühler. Als sie auf den Schlosshof hinaustraten, zog über ihnen ein heftiges Unwetter auf.

Tessa drückte ihre kleine Tochter fest an sich, um sie vor dem Wind zu schützen. Ungläubig sah sie ihre Mutter an. Aber auch sie schien sich über das schlechte Wetter zu wundern. Während sie am Fenster gestanden hatte, gab es keinerlei Anzeichen dafür, dass es ein Unwetter geben würde.

Es donnerte und Blitze zuckten quer am Himmel entlang. Doch die Freude, dass Jaroslaw endlich zurückkommen würde, war größer als die Sorge um das schlechte Wetter. Der Wachtmann ließ das Tor des Schlosses öffnen, als er die Königin näher kommen sah. Und tatsächlich, das Mädchen hatte recht. Die beiden Könige sah man schon vom Weiten mit ihren Pferden auf das Schloss zu galoppieren.

Doch plötzlich hielten die Könige inne und stiegen von den Pferden ab. Zwar konnten Marietta und Tessa nicht sehen, was vor sich ging, doch sie ahnten, dass etwas geschehen würde. Besorgt behielten sie das Szenario im Auge.

„Hier muss er sein!", rief Jaroslaw durch den wild peitschenden Wind seinem Freund zu. Dabei deutete er auf eine Stelle unterhalb eines Baumes.

„Aber weshalb gerade hier?"

„Dies ist der Platz, an dem ich ihn das erste Mal besiegt habe, bevor es ihm gelingen konnte, mich und Marietta in den Kerker zu werfen.

Dies ist die Stelle, an welcher er erstmals bemerkt hatte, dass seine Handlungen zu unüberlegt waren. Ich bin mir sicher, er wählte diese, um mir etwas zu beweisen."

Nachdenklich blickte Jaroslaw abwechselnd zu dem Baum und dann wieder zu Arman.

„Worauf warten wir? Beenden wir dieses Spielchen!" Arman hob seine Hand in die Höhe und richtete sie auf die Stelle unterhalb des Baumes.

Es krachte am Himmel und ein Blitz zischte direkt in den Baum neben ihnen hinein. Aus den Wurzeln heraus kam der Brief geflogen und öffnete sich ohne das Zutun der Beiden. Wieder ertönte die Stimme Alazars:

„Zusammen ist, was zusammen gehört!

Vater und Tochter vereint, bis in alle Ewigkeit.

Meine Macht wird erneut heraufbeschwört!

Zusammen können wir uns rächen,

mit Blut unterzeichnet ist dies mein Versprechen.

Du wirst für mich beenden, meinen Plan. Dann endlich ist

vernichtet dieser Galdasch-Clan."

Plötzlich fing die Erde an zu beben. Der Brief begann zu leuchten und aus allen Seiten heraus strömte Blut.

So schnell er konnte, hob Jaroslaw seine Hand in die Höhe, formte ein Schwert und, als er dieses in den Händen hielt, rannte er auf den in der Luft schwebenden Brief zu. Etliche Male ließ er die scharfe Klinge seines Schwertes durch das Papier gleiten. Immer wieder ertönte ein furchterregender Schrei.

Mit einem Mal traten dunkle Magierstrahlen aus dem zerrissenen Brief heraus und schossen direkt auf Jaroslaw zu, welcher augenblicklich zu Boden sank.

„Den unaufhaltsamen Fluch wirst auch du nicht abwenden können! Nur wenige Tage werden dir bleiben, bis du endlich die gerechte Strafe bekommst. Dein Dasein als König wird ein baldiges Ende finden! Und jetzt stirb!", rief Alazars Stimme.

Erneut schossen die Papierfetzen durch Jaroslaws Körper, welcher einen qualvollen Schrei ausstieß.

Mit einem Mal war alles vorbei. Das Unwetter legte sich und das lodernde Feuer, welches durch den Einschlag des Blitzes entfacht wurde, erlosch.

Jaroslaw lag reglos am Boden. Als Arman dies sah, eilte er sofort zu seinem Freund.

„Nein! Das ist nicht wahr!", schrie er, als Jaroslaw sich nicht regte. Panik stieg in ihm auf und hilfesuchend blickte er sich um. Er wusste, dass sie bereits in der Nähe des Schlosses waren.

„Arman!", brachte Jaroslaw kaum hörbar hervor.

„Gott sei Dank! Du lebst!"

„Bring mich in mein Schloss. Ich möchte sie sehen, bevor ich diese Welt für immer verlassen muss", sagte Jaroslaw.

Seine Stimme war schwach. Auch das Atmen fiel ihm schwer. Arman starrte ihn einen Moment lang an. Er war schockiert, dass sich bewahrheiten würde, was Victors toter Vater vorausgesagt hatte. Doch er besann sich und half seinem Freund aufs Pferd.

„Ich bitte dich! Kein Wort darüber, dass es dieses Mädchen gibt und was wir unternommen haben, um sie vor ihrem Schicksal zu bewahren!"

„Aber", sagte Arman.

„Kein Aber! Dir wird schon irgendwas einfallen! Oder mir."

„Ich fürchte, wir brauchen eine gute Erklärung. Sieh nur, sie kommen bereits zu uns geritten."

Zwar versuchte Jaroslaw, sich aufzurichten, um zu sehen, wer auf sie zukam, doch er schaffte es nicht. Kaum hatte er seinen Oberkörper aufgerichtet, fiel er augenblicklich in Ohnmacht. Er hatte Glück, dass er bereits fest im Sattel saß.

Jaroslaws letzter Wille

Schwach und blass lag er in seinem Bett, als Tessa ihren Vater besuchen kam. Lange war er fort gewesen, um etwas über Alazars angebliche Tochter herauszufinden. Vier ganze Tage lang war er nun schon zurück, und Tessa hatte noch keine Gelegenheit gehabt, in Ruhe mit ihm sprechen zu können. Als er ankam, hatte er keinerlei Kräfte. Es ging ihm Tag für Tag schlechter und niemand wusste, was ihm widerfahren war. Keiner konnte ihm helfen, die Heiler Aschgads waren sichtlich überfordert. Noch nie hatten sie eine solche Krankheit beobachten können.

Er schlief, als Tessa sich zu ihm ins Zimmer schob. Leise setzte sie sich zu ihm auf den Bettrand und betrachtete sein Gesicht. Sie war besorgt und hatte Angst, dass sie ihn verlieren würden.

Auf ihrem Arm machte sich Miray, die bis eben geschlafen hatte, bemerkbar. Ihr Blick fiel auf das gähnende Kind, und ihr kam der Gedanke, sie in die Arme ihres Vaters zu legen. Vielleicht würde ihm ein wenig Freude über seine Enkeltochter neue Kräfte verschaffen.

Behutsam rückte sie seinen linken Arm zurecht und legte Miray hinein. Lächelnd setzte sie sich zurück auf die Bettkante und beobachtete das Geschehen. Ihr Vater schlief noch immer, doch Miray fand sichtlich Gefallen an seinen Atemzügen, welche seinen Körper auf und ab bewegten. Blieb der Atem für einen kurzen Moment aus, sah sie ihn aufgeregt an und wartete, was passieren würde. Atmete er tief ein und machte dabei schnarchende Geräusche, begann sie laut zu quieken, was Jaroslaw schließlich erwachen ließ.

„Tessa, Miray. Was für eine Freude", sagte er, als er beide sah. Ein Hustenanfall stoppte allerdings seinen Redefluss.

Vorsichtig richtete er sich auf, um besser mit seiner Tochter sprechen zu können.

„Du musst dich schonen, Papa!"

„Ist schon gut, mein Kind. So bekomme ich besser Luft. Danke, dass du mir diesen kleinen Sonnenschein gebracht hast. Es tut gut, sie bei mir zu spüren."

„Was ist nur geschehen? Wieso geht es dir so schlecht?"

„Mach dir keine Sorgen um deinen alten Vater!"

„Wenn es dir so schlecht ergeht, mache ich mir aber sehr wohl Sorgen!"

„Du musst dich auf Wichtigeres konzentrieren", sagte er und wurde erneut von einem Hustenanfall gestoppt. „Ich bitte dich, Tessa! Deine Mutter wird dich in der nächsten Zeit brauchen! Sei für sie da! Du wirst immer wissen, was das Richtige ist!"

„Was redest du? Es klingt, als wolltest du dich verabschieden!"

„Denke nicht zu viel darüber nach, was sein könnte. Dein Herz kennt den richtigen Weg und es wird dich immer leiten, hörst du? Immer!"

„Papa", verwirrt sah sie ihn an. Wieso redete er so, als wolle er sich verabschieden? Tränen stiegen in ihren Augen empor und auch Miray begann zu quängeln. Sie spürte, dass es ihrer Mutter schlecht ging und etwas die Stimmung trübte.

„Sie ist noch so klein. Sie braucht dich." Mit zittriger Hand versuchte er, Tessas Tränen aus dem Gesicht zu wischen. „Ich bin immer bei dir, mein Kind. Hörst du? Ich werde es immer sein! Und nun geh, Miray scheint Hunger zu haben oder müde zu sein."

Es war ein herzzerreißendes Bild. Tessa, der Tränen über das Gesicht liefen, weil sie nicht verstand, weshalb ihr Vater all diese Worte zu ihr sagte. Und Miray, die aufgeregt zu ihrer Mutter und dann wieder zu ihrem Großvater blickte.

Und dann war da noch Jaroslaw, dessen Augen verrieten, welchen Kampf er wohl durchmachte.

Er wusste, dass sein Leben endete, und doch hatte er noch so viele Dinge zu sagen. Er wollte all seinen liebsten Menschen auf seine Art und Weise Lebewohl sagen und ihnen für immer im Gedächtnis bleiben. Andererseits verspürte er den Wunsch, dass es schnell und schmerzlos enden sollte.

Tessa stand auf, nahm Miray auf ihren Arm und küsste die Stirn ihres Vaters. Er glühte. Sie war sich sicher, dass er Fieber hatte.

„Ich lasse einen Heiler zu dir kommen! Du hast Fieber", sagte sie und setzte zum Gehen an.

„Nein. Ich brauche keinen Heiler. Sie können nichts für mich tun. Der Einzige, der mir jetzt helfen kann, ist Arman. Bitte suche ihn. Er soll zu mir kommen. Ich muss mit ihm sprechen. Er ist doch noch hier, oder?"

„Ja, er und Aljona sind noch bei uns. Ich werde ihm sagen, dass es dringend ist." Tessa legte die Hand auf die Türklinik und ging heraus.

Als sie die Tür wieder geschlossen hatte, lehnte sie sich an die Wand, schloss die Augen und atmete tief durch. Miray kuschelte sich an sie heran, sodass Tessa ihr Kind mit beiden Armen fest umschloss.

„Ich glaube, dein Großvater hat sich soeben von uns verabschieden wollen. Aber das kann ich nicht zulassen, mein kleiner Engel! Er ist noch viel zu jung, um zu sterben. Ich werde Arman und die Heiler zu ihm schicken! Sie müssen ihm helfen!", flüsterte Tessa ihrem Baby zu, bevor sie sich auf die Suche nach Arman machte.

Erst, als sie in den Thronsaal kam, fand sie ihn. Zusammen mit ihrer Mutter und Aljona saß er an der großen Tafel. Die Stimmung war getrübt. Marietta sah besorgt aus.

„Arman", sagte Tessa kaum hörbar. Sie versuchte, ihre Tränen zurückzuhalten. Ihre Mutter machte sich schon genug Sorgen.

Sie sollte von dem vermeintlichen Abschied nichts erfahren.

„Was ist mit dir?", sagte er, als er in Tessas Gesicht blickte.

„Mein Vater." Sofort sprang Arman auf und ging Tessa entgegen. Flüsternd fragte er:

„Was ist mit ihm?"

„Ich weiß es nicht. Es war so seltsam! Ich war gerade bei ihm, um nach ihm zu sehen. Als ich mit ihm sprach, sagte er so seltsame Dinge. Meine Mutter würde mich in der nächsten Zeit brauchen und mein Herz wird mich leiten. Arman! Stirbt er? Was ist geschehen?" Sie sah ihn besorgt an. „Er möchte, dass du zu ihm kommst. Er muss etwas mit dir besprechen."

„Ich werde sofort zu ihm gehen."

„Bitte, nimm unsere Heiler mit! Es muss doch einen Weg geben, um diese Krankheit endlich zu beenden!", sagte Tessa und sah ihn flehend an.

„Das werde ich", sagte Arman und schluckte. Er wusste, dass kein Heiler etwas für Jaroslaw tun konnte. Denn er war es, der dabei war, als dieser unaufhaltsame Fluch Jaroslaw traf und zum Tode verurteilte. Lange sah er Tessa an und überlegte, ob er noch etwas zu ihr sagen sollte.

Doch letztlich kam er zu dem Entschluss, dass es besser sei, zu schweigen. Jaroslaw hatte bisher niemandem etwas von diesem Fluch erzählt. Daraus schloss Arman, dass dies auch so bleiben sollte. Eine letzte Umarmung, dann ging er zu seinem Freund, um zu erfahren, warum er ihn treffen wollte. Als Arman die Tür aufschob und Jaroslaw blass und ohne jegliche Kraft in seinem Bett liegen sah, musste er schlucken. Beide kannten sich schon seit Kindheitstagen. Ihn jetzt so zu sehen, brach ihm das Herz.

„Arman", sagte Jaroslaw schwach. Er versuchte, die Hand zu heben, um ihn zu sich zu winken, doch es gelang ihm nur mäßig. Still betrat Arman das Zimmer und ging mit langsamen Schritten auf das Bett seines Freundes zu.

„Schau mich nicht so an, mein Freund. Wir alle müssen einmal gehen", scherzte Jaroslaw, als er in das traurige Gesicht seines Freundes blickte.

„Ich wüsste nicht, was in dieser Situation so lustig sein soll",
erwiderte Arman mit strengem Blick.

„Bitte, setz dich zu mir. Ich habe dir etwas Wichtiges
mitzuteilen", bat Jaroslaw.

Arman setzte sich auf den Bettrand und sah seinen Freund an.

„Du bist mein bester Freund, Arman! Seit Kindheitstagen kenne
ich dich schon. Niemand Anderem würde ich mehr vertrauen, als
dir! Ich hoffe, du weißt das!" Kurz hielt er inne und wartete auf
eine Reaktion seines Freundes.

„Alles! Du kannst mir alles anvertrauen! Du bist der Bruder, den
ich nie hatte!"

„Nur die wichtigsten Dinge in meinem Leben möchte ich dir
anvertrauen. Alles andere bekommt mein Mädchen schon alleine
geregelt. Hör zu", begann Jaroslaw und raffte all seine Kräfte
zusammen, um sich aufrecht zu setzen. „In wenigen Minuten
werde ich nicht mehr unter euch weilen. Mein Körper ist schwach
und mein Geist müde. Ich bitte dich, sei für Tessa und Marietta
da! Wann immer sie Hilfe brauchen, sollen sie sich auf dich
verlassen können. Und ich bitte dich, lass sie niemals
herausfinden, dass es das Mädchen gibt und welchen Weg Alazar
versucht hat, sie für seine Zwecke zu verunreinen! Wir haben das
unschuldige Mädchen von ihrer Last befreit und damit ist alles
Wichtige getan! Keiner der Briefe existiert.

Alle sind vernichtet. Das Mädchen wird nie erfahren, wer ihr Vater war und was er mit ihr vorhatte! Sie und auch ihre Mutter sind in Sicherheit!" Ein Hustenanfall unterbrach ihn, ließ Arman gleichzeitig unruhig werden.

„Ich wünschte nur, dass es diesen Fluch nie gegeben hätte und wir das Mädchen anders hätten von seinem Schicksal erlösen können."

„Ich musste es tun, Arman. Meine Familie musste geschützt werden, auch wenn dies bedeutete, dass ich nun sterben muss. Aber eine Sache gibt es dennoch, die positiv bleiben wird." Arman sah ihn stirnrunzelnd an. Was bitte sollte daran positiv sein, dass ein Fluch Alazars für Jaroslaws Tod verantwortlich war?

„Es bleibt mir für immer erspart, die Grabrede für meinen besten Freund zu halten." Mit großen Augen und einem breiten Grinsen sah Jaroslaw seinen verdutzten Freund an. In diesem Moment wusste Arman nicht, ob er lachen oder weinen sollte.

„So etwas kann auch nur von dir kommen, mein Freund", sagte er schließlich und ergriff Jaroslaws Hand. Erschrocken blickte er in dessen Gesicht. Die Hand war kalt und die Augen starrten starr geradeaus.

„Nein! Jaroslaw!", sagte Arman und rüttelte an seinem Freund. Doch er bewegte sich nicht.

„Du darfst nicht einfach so von uns gehen! Jaroslaw, komm zurück!" Arman standen Tränen in den Augen. Aber all sein Rufen und Rütteln half nichts. Jaroslaw wachte nicht wieder auf.

Er ließ sich auf den Stuhl fallen, welcher am Fenster stand, und vergrub sein Gesicht in den Händen. So viele Dinge schossen ihm durch den Kopf. All seine Erinnerungen an die Zeit mit seinem besten Freund. Es waren die fröhlichen Momente, die ihm einfielen, aber ebenso, wie sie Seite an Seite gegen Alazar kämpften, ihre Töchter in die menschliche Welt schickten und schließlich die letzten Momente. Vor allem aber, wie der furchtbare Fluch seinen Freund traf.

Die Tür ging auf und Marietta trat in den Raum. Sie erschrak, als sie Arman sah. Sofort fiel ihr Blick auf ihren Mann. Tränen stiegen in ihren Augen empor. Langsam und mit vorgehaltener Hand schritt sie zum Bett. Ihre feuchten Augen starrten Jaroslaw an. Regungslos lag er im Bett, und es wirkte, als würde er durch sie hindurch starren.

„Nein", schrie sie und fiel vor dem Bett auf die Knie. Immer wieder hallte ihr herzzerreißender Schrei durch die Gänge. Weinend kauerte sie vor seinem Bett und hielt die kalte Hand in ihren.

„Warum, Arman? Warum?", schrie sie immer wieder und weinte unaufhörlich.

„Es tut mir leid, Marietta. Ich konnte ihn nicht retten. Niemand konnte es. Die Heiler haben alles Mögliche getan, um ihm zu helfen." Auch er konnte nicht zu weinen aufhören.

Plötzlich standen Aljona und Tessa im Raum. Erschrocken hielt sich Aljona die Hand vor den Mund. Auch ihr liefen die Tränen.

Tessa trat wie in Trance zum Bett ihres Vaters. Sie sah ihn an, doch keinerlei Träne wollte aus ihren Augen herausbrechen.

„Er schläft doch nur. Oder?", stotterte sie vor sich hin. „Seht nur, wie er da liegt. Er ist nicht von uns gegangen. Das ist er nicht."

Marietta hob den Blick und sah ihrer Tochter in die Augen.

„Ich weiß, dass es schwer ist, mein Kind", begann sie behutsam zu sprechen. „Aber dein Vater ist von uns", doch sie brachte es nicht fertig, diesen Satz zu beenden. Erst in diesem Moment besann sich Tessa und auch sie fing an zu weinen. Erst, als ihre Mutter versuchte, ihr zu erklären, dass ihr Vater gestorben war, begriff sie, was geschehen war. Sie sank auf den Boden und fiel ihrer Mutter in die Arme. Weinend saßen sie neben dem Bett ihres verstorbenen Mannes und Vaters. Es blieb ruhig, nur das Schluchzen der Anwesenden ertönte hin und wieder. Soraya, Victor und Nevis kamen hinzu und sahen mit Erschrecken, dass die Dienstboten des Schlosses die Wahrheit gesagt hatten. Der König Aschgads weilte nicht länger unter ihnen.

Krönung

Der Mond leuchtete hell am Himmel. Das gesamte Land hüllte er mit seinem Licht ein. Rings um ihn herum funkelte ein Stern heller als der andere. An Wolken brauchte man nicht einmal zu denken. Diese hatten sich schon während des Sonnenuntergangs verzogen. Es war Sommer in Aschgad und die Luft angenehm warm. Auch nachts kühlte es seit Tagen nur wenig ab.

Im Schloss war es ruhig, alles schlief. Sogar Miray schlief in dieser Nacht friedlich in ihrem kleinen Bett. Und dennoch blieb Tessa in dieser Nacht schlaflos. Unruhig lief sie von ihrem Schlafzimmer zu dem von Miray. Vorsichtig schob sie die Tür auf und schlich hinein.

Der Mond warf sein helles Licht in das Zimmer ihres Babys und erfüllte es mit Licht. Tessa setzte sich neben das kleine Kinderbett.

Sanft strich sie ihrer Tochter über die Wange. Ein Lächeln huschte über ihr Gesicht, als sie Miray betrachtete.

„Mein kleiner Schatz. Du kannst diese Nacht so friedlich schlafen und deine Mutter findet vor Aufregung nicht zur Ruhe."

Kurz hielt sie inne und ein tiefer Seufzer ließ erahnen, dass es etwas gab, was ihr zu schaffen machte. „Ich vermisse deinen Großvater so sehr! Er war ein wunderbarer Mann und noch dazu ein sehr guter König. Morgen werden wir ihn zu Grabe tragen und ich soll Königin werden. Dabei weiß ich noch nicht einmal, ob ich dieser Sache überhaupt gewachsen bin."

Tränen rollten über ihre Wangen. Ihr Blick war noch immer auf ihr schlafendes Baby gerichtet.

Miray schien die Anwesenheit ihrer Mutter zu spüren. Hin und wieder zuckten ihre Mundwinkel, als wollte sie lächeln oder gar einen Laut von sich geben. Das schlafende Baby half Tessa, etwas ruhiger zu werden.

„Tessa, Liebes. Ich habe Miray gar nicht weinen gehört. Kann sie wieder nicht schlafen?", ertönte die Stimme ihrer Mutter.

„Sie hat nicht geweint. Mein kleines Mädchen schläft friedlich. Ich bin es, die nicht zur Ruhe findet."

„Du hast Sorge wegen morgen. Ich weiß, mein Kind", sagte Marietta einfühlsam.

„Es ist nicht nur die Sorge. Ich vermisse ihn so stark! Warum musste er sterben? Wieso nur? Wie soll ich denn eine gute Königin werden, wenn ich noch nicht einmal all meine Aufgaben kenne?"

„Dein Vater fehlt mir auch sehr. Es vergeht nicht ein Tag, an dem ich nicht um ihn weine oder stundenlang seine Bilder ansehe. Aber eines sollst du wissen. Eine gute Königin zu sein bedeutet nicht, all seine Aufgaben zu kennen und sie hervorragend zu meistern. Nein. Dein Vater hat seine Aufgaben alle gekannt und vor allem auch all die Regeln, die ein König einhalten muss."

„Es gibt Regeln für einen König?"

„Ja, auch ein König muss sich an gewisse Regeln halten. Aber wenn du dich an deinen Vater erinnerst, hat er immer auf sein Herz gehört. Regeln, wie man sich als König zu verhalten hat, wie man angemessen mit seinem Volk spricht, welche Entscheidungen man zu treffen hat, all das spielte für ihn nur wenig eine Rolle."

„Ich glaube, er hat keine dieser Regeln je wirklich beachtet, oder?"

„Als er jünger war, hielt er sich an alle Regeln, welche ihm beigebracht wurden. Doch je älter er wurde, desto mehr vertraute er seinem Herzen." Marietta sah ihre Tochter liebevoll an. Beide schwiegen für einen Moment.

„Meinst du, ich kann all das? Meinst du, ich werde dem gerecht, was das Volk erwartet? Meinst du, ich kann als Königin so gut sein, wie er es als König war?"

„Dein Vater lebt in dir weiter. Du bist ihm so unglaublich ähnlich! Er hat dir vertraut!

Das Volk hat in schweren Zeiten all seine Hoffnungen in dich gesteckt. Und du hast es geschafft! Dank dir ist Alazar besiegt! Ich glaube an dich!"

„Ich glaube auch an dich!", sagte Victor, der leise zur Tür hineinkam.

„Siehst du. Zwei Menschen stehen bereits hinter dir!", sagte Marietta und lächelte.

Aus dem Kinderbett drang leises, fröhliches Lachen in ihre Ohren. Miray hatte die Augen geöffnet und sah ihre Familie aufgeregt an.

„Mein kleiner Schatz. Jetzt haben wir dich aufgeweckt", sagte Tessa, während sie ihr Baby aus dem Kinderbett herausnahm.

„Sie hat seine Augen", hauchte Victor Tessa ins Ohr.

„Die Augen meines Vaters?"

„Ja." Er lächelte und reichte seiner Tochter einen Finger. Sofort ergriff sie diesen und strampelte fröhlich mit den Füßen.

„Genau wie du, mein Kind. Du wirst sehen, alles wird gut werden! Victor wird ein guter König an deiner Seite sein und gemeinsam könnt ihr allen Anforderungen gerecht werden. Unser Volk liebt euch!"

„Wahrscheinlich hast du recht." Gähnend sah Tessa zum Fenster. „Aber jetzt sollte ich noch etwas schlafen gehen. Die Sonne wird bald am Horizont auftauchen."

„Gib sie mir, ich werde sie in den Schlaf singen", sagte Marietta und streckte die Arme aus.

„Nein. Sie beruhigt mich. Ich werde sie mit in mein Bett nehmen. Sicher hat sie auch ein wenig Hunger." Sanft erhob sich Tessa von ihrem Stuhl und ging mit ihrem Baby hinaus. Marietta und Victor sahen ihr nach.

„Pass gut auf sie auf, Victor. Tessa vermisst ihren Vater sehr."

„Das werde ich. Sie wirkt nach außen so unglaublich stark und doch ist sie so verletzlich."

„Sie wird ihren Schmerz überwinden, da bin ich mir sicher. Ich spüre, dass sie schon bald vor einer großen Herausforderung stehen wird, die ihr eine wichtige Entscheidung abverlangt."

„Dann werden wir alle hinter ihr stehen und sie unterstützen. Aber jetzt sollten auch wir noch ein wenig schlafen gehen.

Auch für uns wird der morgige Tag nicht leicht."

„Ja. Lass uns gehen. Sieh du nach deinen Mädchen." Lächelnd verließ Marietta das Zimmer ihrer Enkeltochter. Victor blickte auf das leere Bett hinab und griff nach dem kleinen Bären, den Jaroslaw einst seiner Enkeltochter geschenkt hatte. Als er aus dem Zimmer trat, blieb er vor einem Bild Jaroslaws stehen.

„Sie wird es schaffen, oder?", sagte er ein wenig besorgt. Plötzlich strich ihm lauer Wind um die Nase und ließ seinen Blick auf das Gemälde an der anderen Seite wandern. Es zeigte Tessa neben ihrem Vater. Beide lächelten sich an.

Und erst jetzt bemerkte Victor, dass am unteren Teil des Rahmens ein Satz hineingeritzt war. Er trat näher und las die Worte:

„Galdasch steht für Mut, Liebe und Entschlossenheit!" Nachdenklich las Victor diesen Satz immer wieder. Auf einmal sah er zum Bild hinauf – abwechselnd in die Gesichter von Jaroslaw und Tessa. Dann erkannte er, was sein verstorbener Schwiegervater ausdrücken wollte.

„Sie ist ihm so unglaublich ähnlich! Ihr Herz ist voller Liebe. Und von ihrem Mut brauche ich gar nicht erst zu sprechen", sagte er nachdenklich für sich selbst. „Du wirst eine gute Königin werden, Tessa! Dein Vater hat dies immer gewusst." Sanft strich er über ihr Bild und ging davon.

***

Am nächsten Morgen irrten viele aufgeregte Menschen umher. Zum einen wurde die Beisetzung ihres Königs vorbereitet, zum anderen die Krönung seiner Tochter. Die Dienstboten eilten über die Gänge, denn der Thronsaal war noch immer nicht festlich geschmückt. Marietta stand am großen Fenster und blickte zum königlichen Friedhof hinab. Tränen standen in ihren Augen, als sie das ausgehobene Grab sah. Sie vermisste ihn. Es verging nicht ein Tag, an dem sie keine Träne weinte. Hinter ihr ging die Tür auf, was sie nicht einmal bemerkte.

„Es wird Zeit, zu gehen", erschrocken fuhr sie zusammen, als sie Aljona sprechen hörte.

„Ich habe gar nicht gehört, dass die Tür aufging", stotterte sie und wischte rasch ihr Gesicht trocken.

„Du musst dich nicht entschuldigen. Es ist ein schwerer Tag, der dir heute bevorsteht."

„Ich glaube, ich schaffe das nicht. Er fehlt mir so sehr! Er war es, der mich auffing, wenn es mir schlecht ging. Er war meine Stütze auf allen schweren Wegen. Und jetzt soll ich ihn zu Grabe tragen? Aljona, ich schaffe das nicht!" Tränen überströmten ihr Gesicht.

„Du musst das nicht alleine durchstehen. Wir alle sind an deiner Seite." Behutsam legte Aljona ihre Hand auf Mariettas Schulter. Dankbar für diese Unterstützung sowie den Trost, den sie von ihrer Freundin bekam, umarmte Marietta Aljona.

Erneut ging die Tür auf.

„Die Zeit ist gekommen. Wir müssen gehen", sprach Victor vorsichtig. Marietta löste sich aus der Umarmung, sah Tessa und Victor an. Auf ihrem Mund breitete sich ein zartes Lächeln aus.

„Gut. Gehen wir also. Ich danke euch allen für die Kraft, die ihr mir spendet.

Ich weiß, dass es auch für euch kein einfacher Weg ist." Für einen kurzen Moment blieben sie im Raum stehen. Schweigend, den Blick zum Boden gewandt.

Als dann aber die Kirchenglocken zu läuten begannen, fasste sich Marietta ein Herz und deutete den anderen an, dass sie gehen sollten. Ohne ein weiteres Wort zu verlieren, liefen sie gemeinsam hinaus.

Als sie durch die Gänge des Schlosses hinaus zum Garten liefen, stoppten die Menschen augenblicklich all ihre Tätigkeiten und bekundeten der Familie ihr aufrichtiges Beileid.

Auf dem königlichen Friedhof waren bereits unzählige Menschen eingetroffen. Könige, Freunde, sie alle wollten sich von Jaroslaw verabschieden.

Aljona bemerkte, dass es Marietta zu viel wurde. Immer wieder blieb sie stehen und suchte nach Halt. Schnell eilte sie zu ihr, um sie den restlichen Weg zu begleiten.

Am Grab wartete bereits Arman, der die Rede für seinen Freund halten sollte. Rings um standen Kerzen und Blumen sowie Bilder des Verstorbenen.

Als Marietta und Tessa sahen, wie liebevoll alles hergerichtet wurde und welche schönen Bilder man gewählt hatte, gab es kein Halten mehr. Tränen stiegen in ihren Augen empor und rannen über ihre Wangen. Es war der schwerste Moment in ihrem Leben, den sie aushalten mussten.

Nicht einmal die Zeit im eisigen Kerker war schlimmer für Marietta gewesen als nun, ihren geliebten Mann zu Grabe zu tragen. Zu wissen, dass sie ihn nicht mehr wiedersehen sollte, geschweige denn seine lieben Worte zu hören, ließ ihr Herz unsägliche Schmerzen verspüren.

Kopfnickend gab Aljona ihrem Mann ein Zeichen, die Zeremonie zu beginnen. Dieser erhob seine Hand und ließ ein ruhiges Lied spielen.

Rechts neben dem Grab standen die königlichen Hofmusiker. Sanft legten die Geiger ihren Bogen auf die Seiten und spielten die Melodie, die ihrem König immer sehr gefallen hatte. Jeder senkte den Kopf und lauschte der lieblichen Melodie.

Kurz darauf begann Arman zu sprechen:

„Wir alle haben uns heute hier versammelt, um einen guten König, einen noch besseren Freund und vor allem einen geliebten Mann und Vater zu verabschieden. Ich kann nicht in Worte fassen, wie sehr es mich schmerzt, heute hier zu stehen und diese Worte zu sprechen. Jaroslaw war mein bester Freund. Auf seiner Hochzeit mit Marietta war ich der Trauzeuge und später ernannte er mich zu Tessas Taufpaten. Er vertraute mir seine wichtigsten Schätze an. Marietta und Tessa waren immer das Wichtigste für ihn."

Er senkte den Kopf, denn auch ihm fiel dieser Tag sehr schwer. Arman holte tief Luft, um sich wieder zu sammeln, bevor er schließlich weiter sprach. „An dem Tag, als er von uns ging, war ich bei ihm. Er bat mich, näher an sein Bett zu treten, da er nicht die Kraft hatte, laut zu sprechen. Doch er hatte mir etwas mitzuteilen. Meine Aufgabe. Jaroslaw bat mich, seiner Familie immer treu zur Seite zu stehen, so wie ich auch ihm als Freund treu zur Seite stand. Ich begriff nicht, was er meinte und sah ihn argwöhnisch an. Ein Lächeln breitete sich auf seinen Lippen aus und er fügte etwas hinzu, was mich einerseits zum Lachen brachte, andererseits aber traurig stimmte. Seine letzten Worte an mich waren: „Zum Glück bleibt es mir erspart, eine Grabrede für meinen besten Freund zu halten." Ja, er wusste, dass er gehen musste. Marietta, Tessa.

Was auch immer ich für euch in Zukunft tun kann, ich werde für euch da sein. Euer Land kann auf Azuria zählen! Uns wird eine ewige Freundschaft verbinden."

Ein lautes Schluchzen ertönte und Marietta ging in die Knie. Es war für sie unerträglich, am Grab ihres Mannes zu stehen und all die traurigen Menschen um sie herum zu spüren. Tessa hockte sich neben ihre Mutter, um ihr Trost zu spenden. Weinend lagen sie sich in den Armen und nahmen Armans Worte nur noch verschwommen wahr.

Als es dann so weit war, den Sarg in das Grab hinabzulassen, standen Marietta und Tessa auf. Sie als Frau und Tochter durften sich als erste von ihm verabschieden.

Hand in Hand traten sie an das offene Grab, warfen beide etwas Erde und bunte Blütenblätter hinab. Während dieser Zeremonie spielten die Hofmusiker ein sanftes Lied.

Nachdem der Letzte sich verabschiedet hatte, trat Tessa nach vorne, um zu sprechen. Es war nicht leicht für sie, doch sie hatte ihrem Vater das Versprechen gegeben:

„Ich danke euch, dass ihr uns an solch einem Tag zur Seite steht. Ich kann nicht beschreiben, wie sehr ich ihn vermisse, wie sehr er hier bei uns fehlt. Mein Vater war ein guter Mann und ein kluger König. Heute werde ich in seine Fußstapfen treten. Ich habe keine Ahnung, ob ich einer solchen Aufgabe gewachsen bin.

Aber es war sein Wunsch und ich möchte ihn stolz machen." Mehr brachte sie nicht heraus. Zu tief saß der Schmerz und die Tränen hinderten sie daran, weiterzusprechen. Arman trat zu ihr, um ihr zu helfen.

„Die Krönungszeremonie wird heute Nachmittag stattfinden. Erweist ihr die Ehre und begleitet sie auch auf diesem Weg. Ich bin mir sicher, dass Tessa eine gute Königin wird." Nach diesen Worten löste sich die Menge auf. Jeder ging seiner Wege nach, um sich auf den Nachmittag vorzubereiten.

***

„Ich kann das nicht! Wie soll ich denn seinen Platz einnehmen? Ihn zu ersetzen, warum wird das von mir verlangt?" Verzweifelt schmiss Tessa die Tür hinter sich. Victor, der gerade die Augen für einen Moment geschlossen hatte, fuhr erschrocken zusammen und richtete sich in seinem Sessel auf.

Schnell fing er sich und setzte sich zu Tessa. Er wusste, dass sie ihn mehr als denn je brauchte.

„Beruhige dich mein Liebling! Alles wird gut werden!"

„Nichts wird gut! Wie soll ich das schaffen, was er geschafft hat? Ich kann ihn nicht ersetzen."

„Niemand verlangt, dass du ihn ersetzen sollst! Du wirst in seine Fußstapfen treten, aber deinen eigenen Weg gehen. Und du bist nicht alleine, ich bin immer an deiner Seite. Ich liebe dich!"

„Es ist nur so schwer!" Sofort brach sie in Tränen aus. Victor schloss sie fest in seine Arme und blieb still. Minuten lang saßen sie einfach nur so da, bis Tessa einschlief. Es waren die Trauer und die Anspannung, die aus ihr herausbrachen. Sanft strich er ihr über das zerzauste Haar. Momente wie diese, waren in den letzten Wochen eine Seltenheit gewesen. Tessas Aufmerksamkeit wurde überall benötigt, um alles für diesen Tag vorzubereiten.

***

Es klopfte an der Tür. Victor schob Tessa vorsichtig von seinem Schoß, um zu sehen, wer draußen stand. Es war Soraya, die ihn zaghaft anlächelte.

„Ich wollte nach ihr sehen. Wie geht es ihr?"

„Im Moment schläft sie. Es ist alles zu viel für sie."

„Ja, das kann ich mir vorstellen. Aber wir müssen sie wecken. Die Krönung steht bevor und sie muss sich ihre königliche Robe umlegen."

„Und genau das werde ich nicht machen", sagte Tessa. Verschlafen setzte sie sich aufrecht auf das Bett.

„Aber die Vorschriften", begann Soraya, doch sie stoppte augenblicklich, als Tessa ihre Hand hob.

„Die Vorschriften sind nicht von Bedeutung. Eine gute Königin erkennt man nicht an ihrer Robe, sondern an ihren Taten. Und mal ehrlich, kannst du dir vorstellen, dass ich von nun an nur noch edle Kleider trage?" Kurz war es still, doch dann konnten sie sich kaum halten und lachten herzlich.

„Es wäre wirklich unvorstellbar! Und weil du so denkst, weiß ich, dass du eine gute Königin sein wirst! Es sind die richtigen Dinge wichtig für dich!" Wie in alten Zeiten lagen sich die drei Freunde in den Armen. Doch plötzlich wurden sie von einer aufgeregten Stimme unterbrochen.

„Eure Hoheit! Wo seid ihr nur? Alle warten bereits! Die Zeremonie muss beginnen!" Ein aufgeregter, kleiner Mann eilte über den Gang. Als er seine zukünftige Königin und ihre Freunde sah, kam er zum Stehen und verneigte sich.

„Ich bin schon auf dem Weg. Wir wollen das Volk und die Gäste nicht länger warten lassen."

„Das Volk? Euer Majestät! Ich begreife nicht!"

„Ich werde die zukünftige Königin Aschgads sein. Und die Menschen in diesem Land meine Untertanen.

Wieso sollen sie dann also nicht an einem solch wichtigen Fest teilnehmen? Das Fest ist nicht für mich, es soll für Aschgad sein."

„Und was ist mit eurer königlichen Robe? Wieso seid ihr noch nicht gekleidet? Ich werde sofort die Zofen rufen!"

„Das wird nicht nötig sein! Ich bestimme meine Robe selbst!"

„Aber die Vorschriften!"

„Ich werde wohl einiges zu ändern haben", sagte sie und ein Lächeln breitete sich auf ihren Lippen aus. „Und jetzt geh. Meine Gäste sollen sich auf dem großen Balkon einfinden und das Volk auf dem Schlosshof."

„Alles ist vorbereitet! Wir können doch nicht im letzten Moment Änderungen vornehmen! Nein! Das halte ich nicht aus!"

„Und deswegen werde ich dich begleiten.

Mit ein bisschen Magie wird sich alles schnell ändern lassen", sagte Soraya und begleitete den aufgeregten Dienstboten.

Victor sah Tessa etwas skeptisch an. Noch vor weniger als einer Stunde war sie völlig ratlos und verzweifelt. Und jetzt, kurz vor der Zeremonie, veränderte sie kurzerhand einfach alles.

„Er hat zu mir gesprochen", erklärte sie ihm, als sie sein verwirrtes Gesicht sah.

„Wer?"

„Mein Vater. Als ich in deinen Armen schlief, konnte ich plötzlich seine Stimme ganz deutlich hören.

Weißt du, all die Vorschriften, all die Regeln, die es zu beachten galt, haben mich enorm verzweifeln lassen. Und du kennst mich. Ich habe meinen eigenen Kopf."

„Ja, das hast du wahrhaftig", sagte er liebevoll und zog seine Frau in die Arme.

„Mein Vater wusste dies. Er hat mich daran erinnert, dass ich Aschgad auch nicht nach Vorschriften gerettet habe, sondern durch mein Denken und Handeln. In diesem Moment wusste ich genau, was ich verändern muss. Auch wenn ich immer noch Angst davor habe, diese Aufgabe zu meistern, weiß ich, dass ich es schaffen kann. Ich muss es nur versuchen."

„Ich liebe dich! Du sprichst so wahre Worte. Wer nichts versucht, kann auch nichts verändern. Komm, lass uns gehen. Sie erwarten ihre neue Königin." Victor reichte ihr die Hand und gemeinsam gingen sie hinaus auf den großen Balkon.

Auf dem Schlosshof hatte sich bereits das gesamte Volk eingefunden. Aufgeregt wurde miteinander getuschelt. Niemand hatte erwartet, dass sie zur Krönungszeremonie eingeladen würden.

Auf dem großen Balkon hatte es Soraya geschafft, Sitzplätze für die Könige der fremden Länder herbeizuzaubern. Als Tessa und Victor auf den Balkon traten, stand Arman schon bereit, um die Krönung zu vollziehen.

Es war ein schwerer Tag für sie alle. Doch er hatte seinem verstorbenen Freund versprochen, dass er Tessa und Victor zu König und Königin ernennen würde.

Anmutig schritt Tessa an der Seite von Victor zu ihm nach vorne. Zwar bemerkte sie die Blicke der anderen Könige und wusste genau, dass sich der ein oder andere darüber empörte, weil sie keine festliche Robe trug, doch sie blieb ruhig. Noch war der Moment nicht gekommen, ihre Entscheidungen zu verkünden.

So, wie es besprochen war, traten sie und Victor zu Arman. Dieser lächelte und flüsterte zu ihr:

„Dein Vater wäre stolz auf dich! Wie ich sehe, hat er sich nicht geirrt."

Er wusste, dass du dem Volk und allen anderen schon am ersten Tag zeigen würdest, was dir wichtig ist."

„Lass uns beginnen, Arman. Ich bin bereit, meinen Platz einzunehmen."

„Daran habe ich keinen einzigen Augenblick lang gezweifelt." Er lächelte ihr zu und wies sie an, auf die Knie zu gehen. Vor ihnen lagen große, dunkelrote Kissen. Jeweils daneben stand ein kleines Podest, auf welchem die Kronen bereitlagen. Als beide auf den Kissen knieten und Arman aufgeregt entgegensahen, begann dieser für alle hörbar zu sprechen:

„Verehrte Gäste! Erst heute Morgen haben wir Aschgads geliebten und überaus geschätzten König zu Grabe getragen. Er hat sein Land geliebt und immer zum Wohle des Volkes regiert."

Augenblicklich jubelte ihm das Volk zu. Auf Tessas Gesicht machte sich ein zartes Lächeln bemerkbar.

Es rührte sie sehr, dass die Menschen von Aschgad ihren Vater noch immer so viel Treue entgegenbrachten.

„Wie wir alle wissen, folgt nach dem Tod eines Königs ein neuer Herrscher. Das uralte Gesetz Aschgads besagte, dass es nur einen männlichen Thronfolger geben kann." Erschrocken blickte Tessa Arman an. Dieser lächelte und sprach weiter:

„Aber wer Jaroslaw kennt, der weiß, dass er das Unmögliche möglich gemacht hat. Er kannte die Gesetze sehr wohl und hat viele Jahre lang versucht, diese zu ändern. Doch es blieb lange vergebens. Der Rat der Weisen blieb hartnäckig, bis zu jenem Tag, als sie seine mutige Tochter kennenlernten. Jaroslaw sprach lange Zeit darüber, wie mutig und selbstbewusst seine Tochter sei. All dies hatte den Mogul aber nicht überzeugt, die Gesetze zu ändern.

Als Tessa vor ihnen stand und später das gesamte Land rettete, mit gerade einmal sechzehn Jahren, wussten die vier Weisen, dass er recht hatte. Auch eine Frau kann durchaus dazu in der Lage sein, ein Land zu regieren und zu beschützen.

Wenige Tage vor seinem Tod kam der Rat der Weisen zu ihm und teilte ihm diese freudige Nachricht mit. Tessa hatte es geschafft, den Rat von sich zu überzeugen, ohne dass sie dieses Gesetz überhaupt kannte."

Anerkennend verneigte sich Arman vor ihr und reichte einem Mann, der neben ihm stand, eine Schriftrolle.

„Argus, wärest du so freundlich, das neue Gesetz zu verkünden und zu bestätigen, dass es keine Fälschung ist?"

„Sehr wohl, mein Herr", antwortete der kleine Mann und verneigte sich. Wahrscheinlich diente er in Armans Schloss.

Mit zittriger Hand rollte Argus die Schriftrolle auseinander und hielt sie in die Höhe:

„Mit dem heutigen Tag wird das neue Krönungsgesetz in Kraft treten. Es besagt, dass fortan auch die weiblichen Nachkommen eines Königs die Krone tragen und das Land regieren dürfen.

Mit diesem Siegel des Moguls wird das Gesetz amtlich bestätigt." Er senkte die Arme und das Papier rollte sich automatisch auf.

„Wir können ebenfalls bestätigen, dass dieses soeben vorgelesene Gesetz keine Fälschung ist. Es besteht keinerlei Zweifel daran, dass diese Schriftrolle nicht echt ist." Hervor traten die vier Weisen, welche Tessa einst in der kleinen, Schutz bietenden Hütte getroffen hatte.

Sie alle traten hinter Arman, um der Krönung beizuwohnen und Tessa persönlich ihren Segen zu geben. Noch nie zuvor hatte es eine Frau gegeben, die das Land regierte.

„Im Namen des Volkes von Aschgad ernenne ich dich, Tessa, heute zur Königin. Geh deinen Weg und triff deine Entscheidungen mit Bedacht. Eine gute Königin erkennt man daran, dass sie mutig ist und auf ihr Herz hört sowie daran, dass vor allem das Wohl des Volkes für sie wichtig ist. Du wirst eine wunderbare Herrscherin werden. Solltest du jemals Hilfe brauchen, so wirst du diese auf ewig in Azuria finden!"

Arman nahm die silberne Krone mit den hellblauen Diamanten und ließ diese auf Tessas Kopf nieder. Dann wand er sich zu Victor:

„Aschgad soll dennoch einen König haben. Mit ihr wird Victor das Land regieren. Mögest du deiner Aufgaben weiterhin so tapfer und gewissenhaft entgegentreten, wie du es in den vergangenen Jahren bereits getan hast. Jaroslaw hat deine Treue und deinen Mut immer zu schätzen gewusst. Er wusste, dass er dir vertrauen konnte, schon vom ersten Tag an, als du zu ihm ins Schloss gekommen bist."

Arman hob Victors Krone vom Podest und ließ diese auf dessen Kopf nieder. Er legte seine Hände auf Tessas rechte und auf Victors linke Schulter.

Mit gesenktem Blick sprach er einen Segen, welchen nur die beiden hören konnten:

„Gesegnet seid ihr, welche am heutigen Tag ihren neuen Platz als Königin und König Aschgads einnehmen. Möge die Liebe und die Vernunft immer mit euch sein. Möge euer Volk euch ehren und zu euch halten. Möget ihr euer Land regieren, wie es bereits eure Vorfahren getan haben."

Als er seinen Segen beendet hatte und seine Hände nach unten gleiten ließ, erhoben sich Tessa und Victor.

„Lang lebe Königin Tessa!", rief Arman dem Volk von Aschgad zu. Jubelnd wiederholten sie diesen Satz und warfen Blumen in die Höhe, während Arman Tessa das königliche Zepter überreichte.

„Du wirst deinem Volk eine gute Königin sein! Da bin ich mir durchaus sicher!"

„Eure Majestät", sagte Marietta, als sie mit Miray auf dem Arm zu ihrer Tochter kam.

„Ich bitte dich, Mutter, lass den Quatsch! Für dich bin und bleibe ich Tessa, bis in alle Ewigkeit!"

„Mama", sagte Miray und streckte ihre zarte Hand nach Tessas Krone aus. Lächelnd nahm sie Miray auf den Arm und schritt gemeinsam mit Victor an den Rand des Balkons, um zum Volk zu sprechen.

„Ich danke euch für euren Zuspruch. Ich hoffe, dass ich Aschgad alle Ehre erweisen und eine gute Königin sein werde. Mein Vater hat seinen Weg mit Bravour gemeistert und ich wünsche mir, dass er stolz auf mich herabblicken kann." Tessa verstummte. Zu groß war der Schmerz über den Verlust ihres Vaters, den sie erst am Morgen zu Grabe getragen hatten.

Ein Fest gab es an diesem Tag nicht. Die neue Königin sowie ihre Familie brachten es nicht übers Herz, an einem solchen Tag wie diesem fröhlich und ausgelassen zu feiern.

Noch begriff sie nicht, was es bedeutete, Königin zu sein.

Doch vor ihr lagen neue Aufgaben und Herausforderungen, die es zu meistern galt.

Niemand außer Arman wusste, was der wahre Grund für den Tod des Königs gewesen war. Niemand wusste, dass die Gerüchte um Alazars Tochter sich bestätigt hatten. Und niemand sollte jemals von allem erfahren.

Epilog

Der König von Aschgad war tot. Mit allen Mitteln hatte er zuvor versucht, einem Mädchen, das er nicht kannte, das schwere Schicksal zu ersparen, das in den Schatten ihrer Herkunft lauerte. Einzig der schreckliche Vater dieses Mädchens, Alazar, war der einzige, den er zu Lebzeiten wirklich gekannt hatte. Doch trotz all seiner Bemühungen konnte er nicht verhindern, dass die dunkle Wahrheit über das Mädchen nach und nach ans Licht kommen würde.

Er hatte geglaubt, alle Briefe von Alazar gefunden und zerstört zu haben. Doch er hatte sich getäuscht. Einer der Briefe war ihm entglitten, verborgen in den Tiefen eines vergessenen Verstecks.

Dieser Brief, der das Schicksal Aschgads und der jungen Königin in den Abgrund zu stürzen drohte, existierte noch immer.

Die neue Königin von Aschgad, Tessa, stand nun vor der größten Herausforderung ihres Lebens – einer Herausforderung, die sie sich niemals hätte vorstellen können. Ihr Vater hatte das Land vor dieser düsteren Prophezeiung bewahrt, doch auch er war nicht stark genug gewesen, den dunklen Erben vollständig zu besiegen.

Für das Mädchen, das einmal in der Hütte des Königs Zuflucht gesucht hatte, war das Schicksal vorerst ein weiteres Mal verschoben worden. Doch es war nur eine Frage der Zeit, ehe das Unerwartete geschehen sollte. Ein neuer Kampf stand bevor – ein Kampf gegen die Schatten der Vergangenheit, der noch lange nicht entschieden war.

Anhang

Als ich mit Tessas drittem Buch fertig war, fühlte es sich einerseits gut an. Ich habe meine erste Trilogie beendet. Doch andererseits war es auch ein merkwürdiges Gefühl. Die Geschichte des sechzehnjährigen Mädchens war zu Ende. Mit wem sollte ich fortan Abenteuer erleben?

Irgendwann, Monate später, wurde mir bewusst, dass Tessas Geschichte nicht so einfach zu Ende sein konnte. Kaum hatte ich diesen Gedanken aufgegriffen, hatte ich sofort eine Idee. Wie immer machte ich mir einige Notizen, doch mit dem Schreiben wartete ich ein paar weitere Monate. Im Rahmen des Camp Nano, ein kleiner Schreibwettbewerb wie schon im November der NaNoWriMo, wollte ich diese Geschichte aufschreiben.

Ich begann, kam anfangs sogar sehr gut voran, doch ich merkte, dass irgendwas fehlte. So, wie ich begonnen hatte, konnte es nicht bleiben. Lange überlegte ich, was ich ändern musste. Und wie es der Zufall wollte, kam ich auf die Idee, die Geschichte zu teilen. Diese Entscheidung war genau richtig.